堕ちたる天才

國重惇史の告白

児玉博 著

堕ちたバンカー　國重惇史の告白

堕ちたバンカー

目次

【主な登場人物一覧】

■住友銀行（以下、肩書きは昭和60〜61年の平和相互銀行事件当時）

國重惇史［くにしげ・あつし］企画部次長。後に取締役。楽天副会長。

磯田一郎［いそだ・いちろう］会長。

小松康［こまつ・こう］頭取。

巽外夫［たつみ・そとお］副頭取。後に頭取。

青木久夫［あおき・ひさお］専務。後に副頭取。

花村邦昭［はなむら・くにあき］企画本部長。後に専務。

松下武義［まつした・たけよし］取締役。後に専務。徳間書店社長。

西川善文［にしかわ・よしふみ］企画部長。後に頭取。

■平和相互銀行

❖小宮山家

小宮山英蔵［こみやま・えいぞう］創業者。

小宮山重四郎［こみやま・じゅうしろう］英蔵の弟。衆院議員・郵政大臣。

小宮山精一［こみやま・せいいち］英蔵の弟。元社長・会長。

小宮山英一［こみやま・えいいち］英蔵の長男。元取締役・常務。

池田勉［いけだ・つとむ］英蔵の娘婿（長女・良子の夫）。元副社長。元警察庁機動隊長。

■伊藤萬（イトマン）

河村良彦［かわむら・よしひこ］社長。元住友銀行常務。

河合弘之［かわい・ひろゆき］顧問弁護士。

伊藤寿永光［いとう・すえみつ］後に常務。イトマン事件で逮捕。

許永中［きょ・えいちゅう］韓国人実業家。イトマン事件で逮捕。

■大蔵省

山口光秀［やまぐち・みつひで］事務次官。

吉田正輝［よしだ・まさてる］銀行局長。

坂篤郎［さか・あつお］銀行局課長補佐。

墳崎敏之［つかさき・としゆき］銀行局課長補佐。

阿部［あべ］関東財務局課長。

小宮山義孝［こみやま・よしたか］英蔵の娘婿（次女・和子の夫）。岩間産業（岩間開発）社長。

小松昭一［こまつ・しょういち］英蔵の元秘書。小宮山家の執事。

❖4人組

伊坂重昭［いさか・しげあき］監査役。特別背任で逮捕。

稲井田隆［いないだ・たかし］社長。特別背任で逮捕。

瀧田文雄［たきた・ふみお］常務。国税庁出身。特別背任で逮捕。

鶴岡隆二［つるおか・りゅうじ］取締役。融資担当。特別背任で逮捕。

❖その他

田代一正［たしろ・かずまさ］社長・会長。元大蔵審議官。

中源三［なか・げんぞう］検査部長。元大蔵検査官。

清二彦［きよし・つぎひこ］顧問。元大蔵検査官。

上林裕［かんばやし・ゆたか］顧問。元日銀考査役。

山田穂積［やまだ・ほづみ］伊坂監査役秘書。

❖関係者

真部俊生［まなべ・としお］八重洲画廊社長。

佐藤茂［さとう・しげる］川崎定徳社長。

桑原芳樹［くわばら・よしき］住宅信販社長。佐藤茂の側近。

■日銀

三重野康［みえの・やすし］副総裁。

玉置孝［たまき・たかし］理事。

土金琢治［つちかね・たくじ］考査局長。後に群馬銀行頭取。

澄田智［すみた・さとし］総裁。元大蔵事務次官。

■検察

山口悠介［やまぐち・ゆうすけ］東京地検特捜部長。

伊藤栄樹［いとう・しげき］東京高検検事長。後に検事総長。

■政府

竹下登［たけした・のぼる］大蔵大臣。後に総理大臣。

青木伊平［あおき・いへい］竹下登秘書。リクルート事件に絡み自殺。

長野厖士［ながの・あつし］竹下蔵相秘書官。元大蔵省証券局長。

中曾根康弘［なかそね・やすひろ］総理大臣。

「平和相互銀行事件」人物相関図

※肩書きはすべて当時

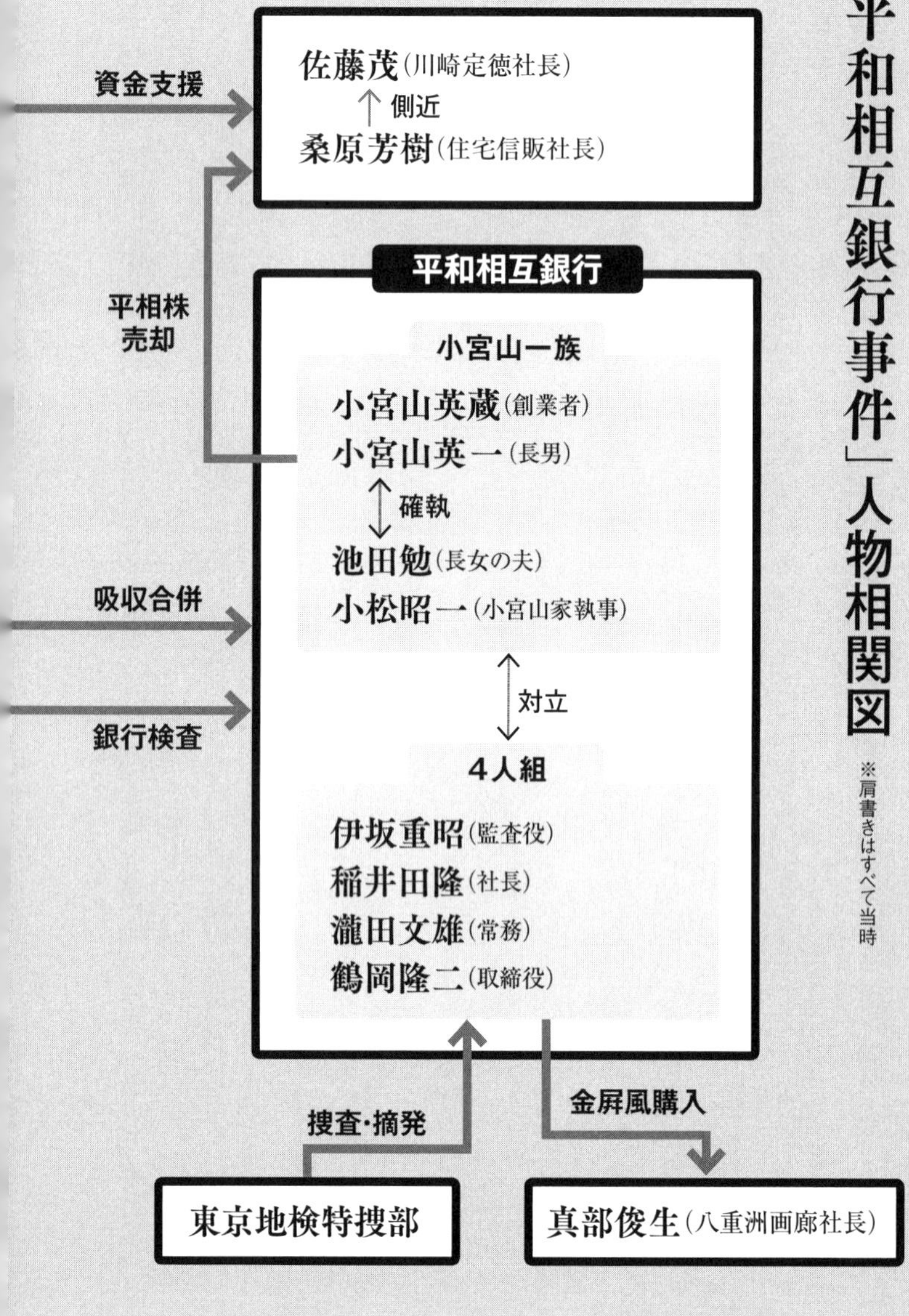

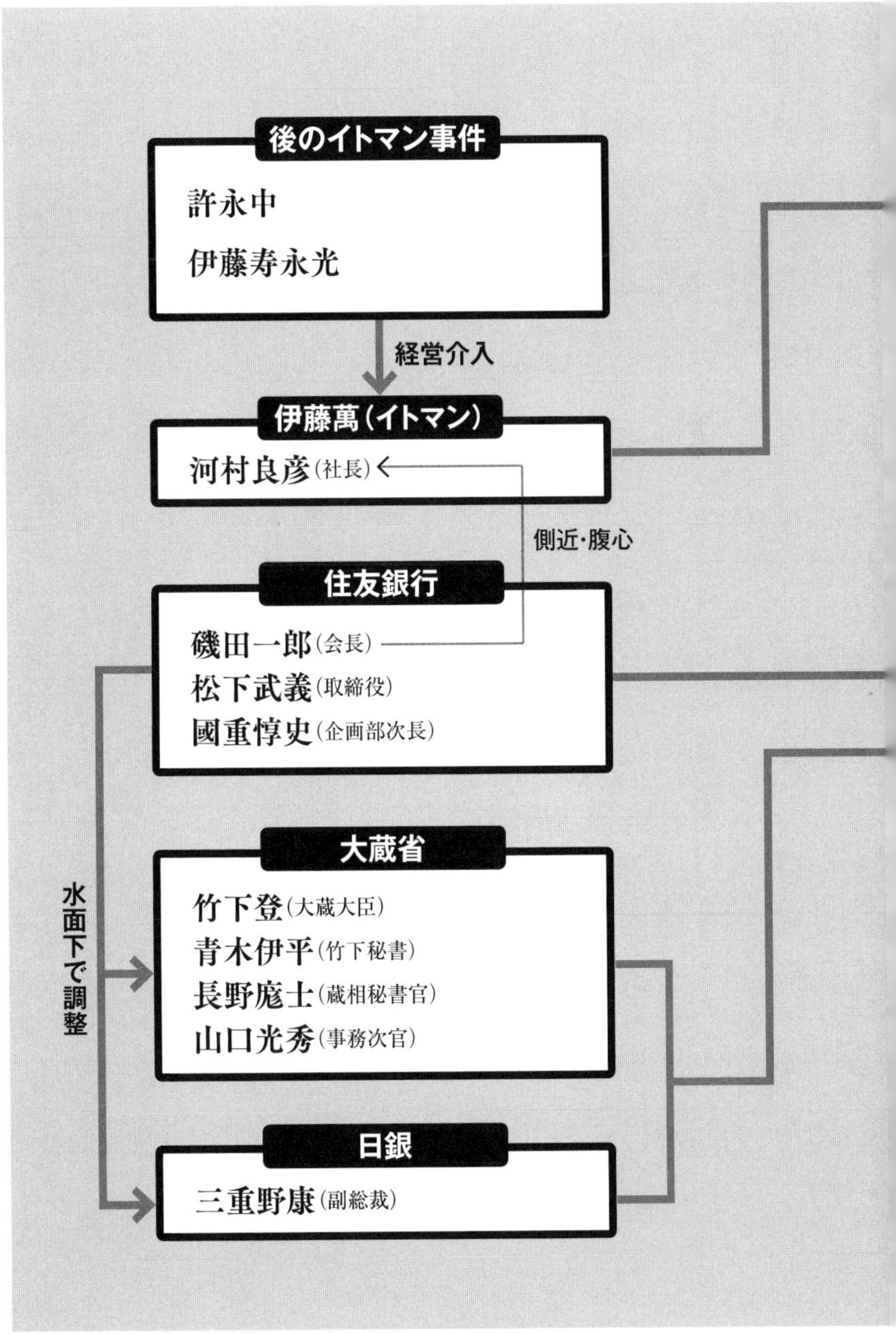

後のイトマン事件
許永中
伊藤寿永光
経営介入
伊藤萬（イトマン）
河村良彦（社長）
側近・腹心
住友銀行
磯田一郎（会長）
松下武義（取締役）
國重惇史（企画部次長）
水面下で調整
大蔵省
竹下登（大蔵大臣）
青木伊平（竹下秘書）
長野厖士（蔵相秘書官）
山口光秀（事務次官）
日銀
三重野康（副総裁）

國重惇史の略歴

1945年	山口県下松市に生まれる
1968年	東京大学経済学部卒。住友銀行入行
1975年	企画部部長代理（MOF担）
1985年	企画部次長
	「平和相互銀行事件」に関わる
1987年	渋谷東口支店長
1988年	業務渉外部付部長
1990年	「イトマン事件」に関わる
1991年	本店営業第一部長
1993年	丸ノ内支店長
1994年	取締役
1995年	日本橋支店長
1997年	住友キャピタル証券副社長
1999年	DLJディレクトSFG証券社長
2003年	楽天証券社長
2005年	楽天副社長
2012年	楽天副会長
2015年	リミックスポイント社長
2016年	『住友銀行秘史』刊行

序章

転げ落ちた寵児

1972年、國重は最初の結婚式をあげた

孤立無援

その男、國重惇史《くにしげあつし》が自らの名を世間に知らしめたのは、著書『住友銀行秘史』（講談社）を実名で出版した時だった。かつて所属した住友銀行では伝説のＭＯＦ《モフ》担（大蔵省担当）として名を馳せ、自他共に認める頭取候補だった。後に楽天に転じ、副社長、副会長となり、創業者、三木谷浩史の右腕として急成長した楽天を支えた。

誰もが望むような地位、キャリアに終止符を打ったのは國重が引き起こした女性問題だった。それを機に國重の人生は暗転する。國重の周辺からは蜘蛛《くも》の子を散らすように有力な経済人、財界人、友人らが去っていった。

國重は70歳にして孤立無援の存在となった。

その日、國重とおよそ20年の付き合いを続けている筆者は國重の紹介で、ある証券会社の元幹部３人と夕食をともにした。東京・銀座の外れにある小体《こてい》な店だった。先に着いていたので個室の掘り火燵《ごたつ》に座り、國重らの到着を待った。しばらくし、先に顔を見せたのは國重だった。驚いた。その顔は腫れ、いくつもの裂傷の跡が生々しく残っていたからだ。

「どうしたの國重さん？」

思わず、こう声をあげ、後はただその痛々しい顔を見つめるばかりだった。しかし、國重はといえば、そんな傷などまったく気にしないかのように笑ってみせた。國重が笑うとそこには童顔そのものの表情が表れるのだが、この日はいくら笑っても傷口の凄惨さは隠しようがなかった。

「いやー、転んじゃって……」

國重はこんな言い方をしたが、いつもと違って、その口調も吃音《きつおん》気味で、それもまた気にかかった。上座に座る國重は部屋の端《はし》を歩いたが、その足取りといえば、杖に頼る老人がヨタヨタ歩くようなそれだった。國重に再び声をかけた。

「國重さん、どっか具合が悪いの？　なんか、歩き方も変だよ。病気なんじゃないの。しかし、顔の傷は酷《ひど》いね。なにか危ない目に遭ったんじゃないよね」

隠れ家

國重と直接会うのは久しぶりだった。その前年（２０１６年）に自らの名前で発表した

『住友銀行秘史』によって、一躍メディアの寵児となり、雑誌などのインタビューに引っ切りなしに登場していたが、その最中に会って以来だった。

およそ1年ぶりに会う國重は、さながら野戦病院から抜け出してきたような姿で筆者の前に登場した。掘り火燵に手をつきながらようやく座った國重は、改めてこちらに顔を向けた。

「酷いね、國重さん。本当にどうしたの？」

國重は今までの彼になかったたどたどしい発声で、事の顚末《てんまつ》を説明してくれた。

聞けば、春先に東京・六本木の交差点を渡っている時に転び、顎の骨を骨折したのだという。國重の言葉通りとすれば、顎の骨を折り、そして今回は再び転倒して、顔に裂傷を負ったということになる。尋常なことではない。

その生々しい傷の様を見ながら、思うことは1つだった。

「國重さん、追い込みをかけられたの？」

追い込みとは、いうなれば借金の取り立てだ。違法ながらその筋の中にはいまだに暴力を使ってやっているところが存在する。國重が離婚訴訟で億単位の慰謝料を要求されていたこと、多額の借金を抱えていることは國重の周辺からなんとなく聞いてはいた。

顎の骨を折ったことといい、今回の傷といい、一般の生活者が立て続けに経験するものではない。

けれども、國重はこちらの危惧を全面的に否定して、

「本当に転んだんだよね」

と笑った。

「本当に？」

「うん、本当にそうなんだよ。転んでしまって……」

会食は和やかに終わった。國重は筆者に話があるとのことで、もう1軒付き合うこととなった。タクシーに乗った2人が向かったのは國重が1人暮らしをしている赤坂だった。赤坂6丁目、氷川神社からほど近いところでタクシーを降りた。國重はヨタヨタしてはいたが、勝手知ったる足取りで、ビルの1階にあるバーの扉を開いた。

若い主人とは旧知なのだろう、國重を見るや、主人は笑顔を見せた。國重は少しばかり背の高いスツールに腰掛けて、ビールを注文した。

何でこんな店を知っているのか不思議ではあった。およそ國重とは無縁に見えたからだ。

「國重さん、こんな隠れ家みたいな洒落《しゃれ》たバーを知っているんですね？」

すると、國重はどもりながら、

「お、お、俺が持ってた店なんだよ」

とあっさりと言った。國重が楽天でどれほどの給与を貰っていたかは知らないが、金儲けの才はあるようだった。筆者に教えることはなかったが、國重が実質的に社長を務める不動産会社が、東京・原宿にあると聞かされたこともあった。

「へー、國重さん金持ちだったんだね」

國重はビールに口をつけると、

「今は全然ないよ、本当にないよ。もう貧乏だね。貧乏は嫌だねー」

と話してはいたが、その口調には切迫した感じは微塵《みじん》もなかった。

國重の話はさして重要なことではなかった。ただ、１人で帰るには億劫《おっくう》で、だから筆者を家の側《そば》にある店に誘ったのかもしれない。

筆者がトイレに立った時だった。トイレの中まで聞こえるほどの大きな音がした。トイレを出て、カウンターの方に目をやると國重が倒れていた。スツールから転げ落ちたようだった。

國重は床の上で転倒したまま動かなかった。その姿は一瞬、カフカが描き出した虫を思い出させた。

國重は人の手を借りねば、起き上がることさえできなかった。

「國重さん、どうしたの？　自分で起きられないの？」

國重は何か言おうとしていたようだが、言葉にならなかった。國重からは、ビールの臭いがした。

スツールに、店の主人と2人がかりで國重を座らせる。若い主人は、

「よく転ばれますもんね、國重さんは」

と苦笑した。

けれども、顔の裂傷といい、まともに1人で立つことさえできない國重の有り様は、何とも複雑な感情を起こさせるに十分だった。一体、國重に何が起こっているのか？

スツールからバランスを崩して落ちる様子を見れば、國重が言っていた、転んで顎の骨を折ったとか、転んで顔から落ちたというのもあながちウソではないような気もしてくる。

しかし……。

暗転

最初はあの國重が、という思いが強く、やはり酔っぱらっているくらいに高を括《くく》っていたが、どうやらそうではないようだった。

「國重さん、いつからそんな感じになったの？」

國重は気乗りがしない様子で、ブツブツ呟《つぶや》いたようだったが、聞き取れなかった。

しばらくし、席を立つことになった。國重の手を取り、スツールから下りるのを手伝った。その時、微かな尿の臭いがした。スツールに目をやるとお尻を乗せる部分がわずかに濡れていた。國重のズボンの股間部分も濡れていた。

思わず國重の顔を見た。けれども、國重の表情にはまったく変化がなかった。まるで気づいていないように見えた。

店の主人に目を移すと、こちらもさして驚いた様子はなく、もしかすると随分と前からこうしたことが起きていたのかもしれない。けれども、筆者は驚いた。ただ驚いた。失禁する國重の姿をよもや見ることになるとは、思ってもみなかったからだ。

國重がヨロヨロと入り口に向かって歩いている。背中を丸めて、ヨタヨタと歩いている。

この人に一体何が起きているのか。

「國重さん、がんばらなくっちゃ」

國重は呟くように言ったものだった。

「……そうだね……」

そして、また押し黙り、ただ前を見てヨタヨタと歩いていた。時折、その横顔を覗き込んでみたものの、國重が何か考えているのか、何を思っているのか、それを窺《うかが》い知ることはできなかった。

と、突然、國重がこんな言葉を漏らした。

「何で、こ、こうなったのかねー」

良く聞き取れず、

「何、國重さん?」

こう聞き返すと、國重はわずかにこちらに顔を向けて、

「な、な、何でかねー、こ、こ、こんな風にね……」

國重は涙ぐんでいるようだった。涙も出るだろう。繰り返しになるが、かつては住友銀

行の頭取候補の最有力と呼ばれ、ＭＯＦ担で見せた國重の活躍は金融界の伝説だった。銀行を離れても、その能力は楽天創業者、三木谷に評価され、右腕として補佐し続けた。國重の名前は、経済界ではあまねく知れ渡っていた。

しかし、その境涯は、不倫騒動でつまずくや暗転した。人間、こうもなるものかとあっけにとられるほどの早さで転げ落ちていった。

顔には深い傷を残し。言葉もままならず。身体も不自由となり。かつての伝説の持ち主は、失禁しても気づかぬほどにやつれてしまった。國重でなくとも我が身の運命を呪いたくもなるだろう。

トリックスター

國重の手を取りながら夜の赤坂を歩いた。静かな夜に２人の足音が響いた。國重が１人住むワンルームマンションに向かっていた。オートロックのしっかりとしたマンションだった。うらぶれた場所だったら嫌だな、と内心考えていただけにホッとする思いがした。

と、國重はといえば、オートロック解除のために鍵を差し入れるのだが、鍵穴にうまく入れられずに難渋していた。そんなことさえもが、できなくなっていた。

國重から鍵を取り、オートロックを解除して入る。中は吹き抜けになっており、その吹き抜けを取り囲むように部屋が配置されていた。國重の部屋は2階にあった。エレベーターを降り、國重が私の先に立ち歩いた。小さな歩幅を運ぶ。その小さな歩みが立てるわずかな音が響く。

國重に代わって、部屋の鍵を開け、扉を開く。湿気《しけ》ったような空気とともに、またもや微かな尿の臭いが流れ出てきた。玄関にはスニーカーに交じってビジネスシューズが無造作に転がっていた。玄関脇のスイッチを入れると、真っ暗だった部屋の様子がボンヤリと浮かび上がる。

敷きっぱなしと思われる布団。黒色のシーツが懸けられていた。新聞や雑誌が部屋のあちこちに放り投げられ、郵便物も床にそのまま投げ出されていた。掃除をしている様子はまったくなかった。

ビールの空き缶があちこちに転がってもいた。男の1人暮らしはこんなものなのかと思う一方、國重がかつては享受していたであろう生活を思い浮かべれば悲惨の2文字に尽きるかもしれない。

「もう大丈夫、もう大丈夫」

と國重は二度繰り返した。その背中を見ながら、

「國重さん、また連絡するから、元気でいてよ」

と声をかけて扉を閉めた。

國重は今、何を思い生きているのだろうか。閉められた扉の前に立ち、そんなことを思わないわけにはいかなかった。

身から出た錆《さび》。自業自得。その通りなのだが、家族を失い、地位も名誉も失い、家も失い、加えて原因の定かでない体調不良にも見舞われている。國重は今、何を希望に、何を支えに生きているのだろうか。いや、トリックスターのようにどんなシリアスな場面であっても、どこかで突き放したように小さな笑みを湛《たた》える國重にとっては、自らが置かれた心地の良くない境遇でさえもが道化の演じる一幕なのか？

花月会

國重は不思議な人間だった。通常の物差しでは測れぬ、タガが外れた人間だった。初め

て國重に会った、いや國重という人間を目撃した時のことは今でもありありと思い出すことができる。

1999年（平成11年）6月13日。場所は東京・赤坂の「全日空ホテル」の大宴会場だった。

その日は、ある大阪の経済人の子息の結婚式が行われていた。雛壇《ひなだん》に座る新郎新婦と筆者は、一面識もなかった。今は亡き大横綱、千代の富士夫妻が仲人を務める華やかな結婚式だった。その華燭《かしょく》の典《てん》に筆者が半ば〝潜入〟するように出席したのには、検察庁の威信を根幹から揺さぶったあるスキャンダルが関係していた。

同年4月9日。朝日新聞一面は次のような見出しでその問題を取り上げていた。

『東京高検　則定《のりさだ》検事長に「女性問題」　最高検、異例の調査へ』

朝日新聞が女性問題を扱うのは異例中の異例のことだった。しかも、その扱いは全5段という大きなスペースを割き、一面で報じるなどまさに前代未聞だった。前代未聞はこれだけではなかった。

記事では、東京高検検事長、則定衛の女性問題を最初に報じた媒体として、月刊誌『噂の真相』が挙げられていた。同誌はおよそ朝日新聞が扱うことのない芸能ネタから政界、財界、官界のいわゆるゴシップを抉《えぐ》るスキャンダル雑誌として評価を得ていた。おおよそ、朝日新聞とは対極に位置づけられるような雑誌だった。その雑誌の名前をわざわざ明記するなど、それまでなら考えられないことだった。

則定は検察内部の主流派の後継者だった。この「検察主流派」と呼ばれる一派の源流を辿っていくと、元検事総長で住友銀行の顧問弁護士を務めていた安原美穂《やすはらよしほ》に行き着く。この安原を頂点として、東京大学、京都大学出身で、かつ法務省勤めが長い官僚らにより構成されているのが検察主流派である。かつて検察に君臨していた岡村泰孝、前田宏など歴代検事総長経験者は皆、この検察主流派。常に政治権力と癒着し、その権力をもって法務検察を支配してきたのが彼らだ。その後継者が則定だったのである。

こうした検察内部の事情を、なぜわざわざ書いてきたのかを説明せねばならない。

実は、この検察主流派たちの、OBを含めた親睦会のような集まりが存在するのだ。その名を「花月会《かげつ》」という。集う料亭の名を冠し、こう名付けられた。その大阪・ミナミの料亭「花月」のオーナーの名前を安藤英雄という。この安藤が、筆者が潜り込んだ結婚式の新郎の実父だった。「花月会」の運営を仕切っていたのが、住友銀行なのである。住友銀行と検察との尋常ならざる関係は後に明らかになっていく。

もともと、料亭「花月」を開いたのは41代横綱、千代の山。昭和26年（1951年）から同34年（1959年）まで横綱の地位にあった千代の山は引退後、九重部屋を継承する一方で妻に料亭経営を任せる。後に52代横綱となる北の富士などを育てた九重親方は、自らと出身地（北海道松前郡福島町）が同じ、卒業した小学校も同じという少年をスカウトする。後に大横綱と呼ばれる千代の富士（58代横綱）だ。

その千代の富士が自らを角界に導いてくれた恩人、千代の山ゆかりの人物の祝宴に仲人として列席しているのも不思議な因縁ではあった。新郎の父である安藤は千代の山の妻から引き継ぎ、「花月」のオーナーになっていた。

式場の真ん中には和やかな笑顔を絶やさぬ元横綱、千代の富士が座る。これだけでも、この式が普通でないことが証明されていた。司会を務めるのはフジテレビのアナウンサーだった。

テーブルに置かれた席次表を見れば、上座にはパチンコ関連企業、ゲーム機器メーカーなどの幹部の名前が印刷されていた。

パチンコ、パチスロ大手の「セガサミー」社長、里見《さとみ》治《はじめ》、パチンコ機器大手「三共」社長、毒島《ぶすじま》秀行《ひでゆき》、ゲームソフト大手の「コナミ」の創業者である上月《こうづき》景正《かげまさ》などが顔を揃えていた。その隣の席には有名な演歌歌手や作曲家たちが陣取っていた。政治家の顔もちらほら見受けられた。

こうした、錚々《そうそう》たる招待客を呼べたのもすべて新郎の父の力だった。この華やかな祝宴の〝影の主役〟だった安藤は、パチンコやゲーム関連の業界では〝フィクサー〟とも呼ばれる存在だった。安藤をそうした存在にまで押し上げたのは、自らオーナーを務める料亭「花月」を通して昵懇《じっこん》となった検察、国税関係者らの強力な影響力だった。

則定問題を取材していた筆者にすれば、安藤の次男の結婚式は格好の取材対象だった。安藤が検察関係者を招待しているに違いないと考えていたからこそ、ある筋に頼み結婚式の招待状を譲ってもらったのである。

ところが、この宴のおよそ2ヶ月前に検察庁を震撼《しんかん》させたその醜聞が影響したのだろう、宴席に検察、国税のOBらの姿を見ることはできなかった。

司会の軽やかな声が流れる。

「それではここで主賓の方からご挨拶を頂戴したく……」

こう促されてマイクの前に立ったのが國重惇史だった。

初めて見る、〝金融界の伝説〟は小柄で童顔だった。不思議なほどに余裕に満ちていた。

童顔に浮かぶ笑みがそう思わせたのかはわからないが、それは自信のなせる業だったのだろうか。

國重の肩書きは、ＤＬＪディレクトＳＦＧ証券（現、楽天証券）社長というものだった。その肩書きから住友銀行の名前は消えていた。

國重は笑みを湛えながら、自らの名前を名乗ると、やおら、

「自分のような者の挨拶などをお聞かせするのはなんですので、ここで1曲歌わせて頂きます」

と言った。すると、およそ600人はいるかという会場から笑い声ともなんともつかぬ小さな響《どよめ》きが起こった。國重はそんな反応は承知の上と言わんばかりに、アカペラで歌い始めた。『夫婦春秋《めおとしゅんじゅう》』という歌だった。

ああ、國重という人はこういう人なんだな、と得心がいったような気がした。こうした大胆さが人の心を瞬時にして摑むことを國重は熟知していた。実際、國重の〝独唱〟には割れんばかりの拍手が送られた。

「大変なことになる」

國重は自身の著書『住友銀行秘史』に自己紹介を兼ねるようにこんなことを書き記している。

『最初の配属は丸の内支店。2年半の支店時代には営業などをやったが、目だった業績があったわけではない。その後、本社の東京業務第二部、2年間の米国大学院留学、業務企画部などを経て、企画部に配属されたのが1975年のことだった。以降、10年をこの企画部で過ごすことになる。

私は企画部で大蔵省担当、いわゆるMOF担を長く務めた。自分で言うのもなんだが、MOF担として、「國重の前に國重なし、國重の後に國重なし」と言われ、名をはせた。

MOF担というのは、端的に言えば、情報を取ってくる仕事である。大蔵省のキャリア官僚、ノンキャリ、さらには、政治家、日本銀行の役人などに深く喰い込み、銀行にとっての重要情報を逃さずに入手する。一般的にバンカーの仕事と考えられているイメージとは違うものではあるが、私には水が合った。

企画部では、時にトップ幹部から降りてくる特命的な仕事も任される。要するに、最も経営に近い中枢であり、若いころからここで仕事ができたことは自分の財産になったと思う』

國重との付き合いが始まる前、住友銀行関係者たちから聞かされる國重のエピソードはすでに伝説のようだった。

「國重さんに喋られたら、うち（住友銀行）は大変なことになる。彼にはＭＯＦ担時代のことは棺桶まで持って行ってもらわないと」

ある住友銀行幹部は、こう言って苦笑してみせたが、その表情は冗談とは思えぬものがあった。

第1章

将来の頭取候補

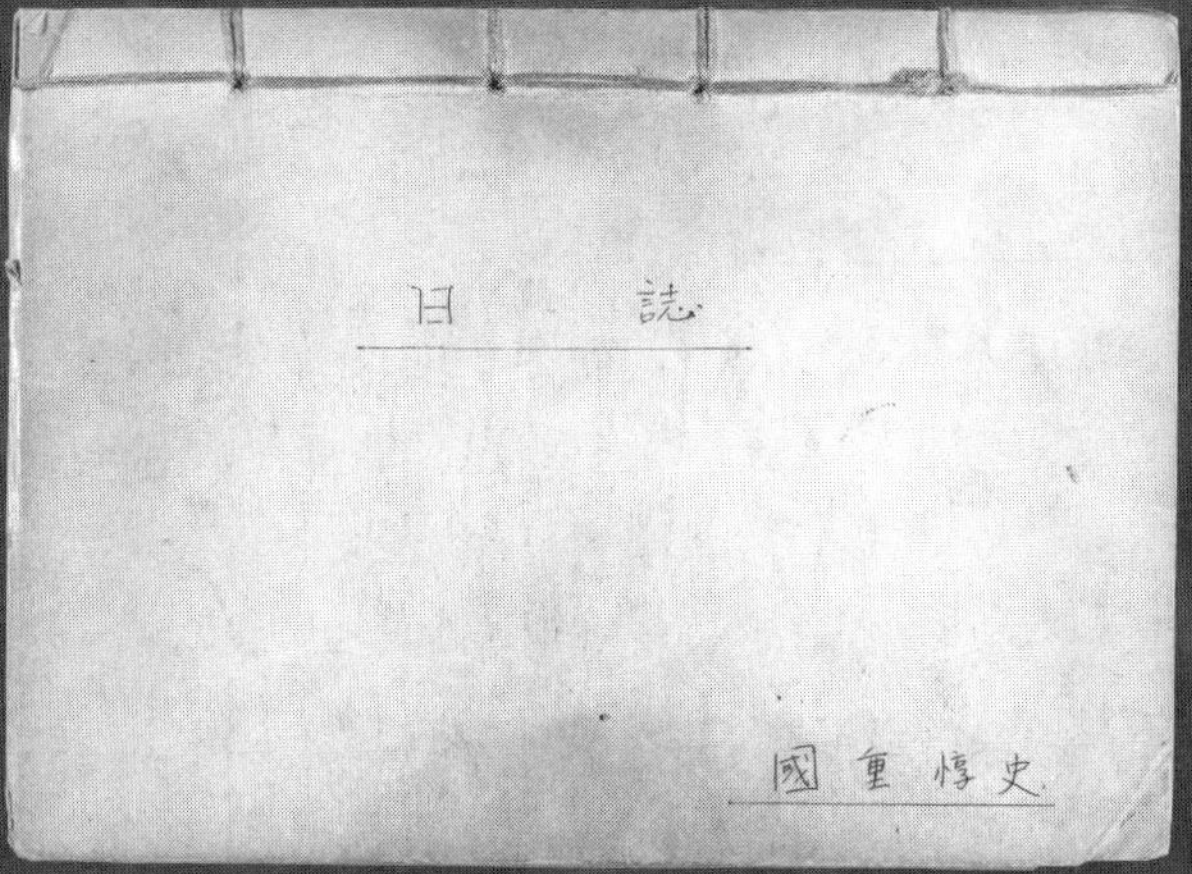

國重が大切にしていた新入行員時代の日誌

散乱する部屋

東京は本格的な冬になりかけていた。再び國重の住むワンルームマンションを訪ねた。前回、國重を交えての会食が終わってから2週間ほどが過ぎていた。

東京・赤坂。街の中心部からだらだらと氷川神社の方に歩いて行くと、國重が1人で住むワンルームマンションに辿り着く。5階建てで玄関にはオートロックが備え付けられている。住人には家族連れの姿も散見され、ワンルームだけのマンションではないようだった。

2××号室のチャイムを鳴らす。暫《しば》しの沈黙が流れる。緩慢にしか動けなかった國重の姿が目に浮かぶ。

「はい」

けだるそうな声が流れる。部屋の扉を開ける。すえた臭いが押し出されてくる。玄関には、かなり何足もの靴が脱ぎ散らかされていた。ビールの空き缶がゴミ箱の外に、投げ捨てられていた。

國重は赤いダウンジャケットを着てこちらを見つめていた。背中を丸めた姿が、國重を小さく、そして年齢以上に老人に見せていた。

部屋の床には資料やら新聞が散乱していた。楽天時代、短めに整えられていた頭髪は中途半端に伸び、白いものも目だつようになっていた。薄暗い8畳ほどの部屋の真ん中には、万年床《まんねんどこ》らしい布団が敷かれていた。布団のシーツは黒色で、窓にも黒いカーテンがかかっていた。

「國重さん、空気が淀んでるから入れ替えるよ」

こう言って黒色のカーテンを引き、窓を開けた。冷たい空気が流れ込んできた。その冷たさがむしろ心地良かった。足の踏み場に困るほど色々なものが転がっていた。それは単行本や文庫本であり、雑誌であり、新聞であり、郵便物であり、缶ビールの空き缶であり、ペットボトルであった。「督促状」と印刷された郵便物もあった。

しげしげと部屋を見回してみた。2つのハンガーラックには、國重の背広が何着もかけられていたが、それは整然と並べられているのではなく、無造作に引っかけられていた。もう1つのハンガーラックにはネクタイやコートがかけられ、大きな透明ビニール袋の中には、クリーニングに出すつもりなのだろうか、乱雑に服が丸めて押し込まれていた。

掃除もしていないのだろう、床には薄っすらと白っぽく埃が溜まっていた。万年床にかけられた黒色のシーツの上には白いゴミがポツポツと落ち、クシャクシャの枕カバーの向こう側に、放り投げられていた文庫本とともに、なぜかタクシーのレシートが数十枚、並べられていた。整理されているものといえば、このタクシーの領収書だけのような気がした。誰かが引き取ってくれるのだろうか。

「國重さん、ちょっと掃除をしようよ」

こう声をかけると、國重は赤色のダウンジャケットを着たまま、ほんの少しだけ笑みを作ると、

「そ、そ、掃除はしてねえんだよ……」

と言うなり、部屋の真ん中で立ちすくむばかりだった。

近くのコンビニに走り、ウェットティッシュ、雑巾などを買い込んで戻って床を拭き始める。薄っすらと白く埃が溜まっていた床は、ウェットティッシュを何枚使っても、すぐに色が黒くなった。

「掃除してないからねー」

國重は敷きっぱなしの布団の上に座り、所在なげな表情を浮かべたままだった。

何枚もウェットティッシュを捨てては床を拭いていった。といっても、あちこちにゴミを入れたビニール袋があり、それを除けてまた拭いていくとパンツがあり、ネクタイが転がっている。

白い壁際にダンボール箱がいくつか並び、そこに雑誌や新聞が無造作に放り込まれていた。その横には、伊勢丹や、パレスホテルのロゴが印刷されたよれよれ、シワシワの紙袋が置かれていた。そこから、資料らしきものが覗いている。

「國重さん、これ資料なの？」

國重の方に目をやると彼はこっくりと頷いた。

「楽天のメモとかあるんじゃないの？　あったら頂戴よ」

珍しく國重はニヤニヤしながら、

「ノー、コメント」

と、言うのだった。

『住友銀行秘史』を國重が書いた後、誰もが次は『楽天秘史』なのかと思っていた。國重が〝メモ魔〟だと知った多くの者は、次は楽天と思い込んでいた。筆者も何度も國重に聞いたことがある。

「國重さん、楽天のメモはないの？」
しかし、その度に國重はニヤニヤするばかりで、イエスともノーともはっきりと答えることはなかった。

損害賠償

床を拭く手を休めて1つの紙袋を覗き、中の書類を取り出してみた。その一連の資料の右上には赤字で「甲第5号証」の印が押されていた。裁判資料である。これは國重が楽天副会長を辞任するきっかけとなった不倫相手の女性から、損害賠償を求められていた裁判の資料であった。

女性側が提出した資料は國重のフェイスブックから印刷されたものだった。國重は自らの不倫について、フェイスブックで告白していたのだ。

不倫騒動は週刊誌の報道がきっかけだった。記事には、國重が裸で不倫相手と思しき女性と抱き合っている写真が掲載されていた。これだけでも驚愕だが、それ以上に、引用されていた國重のメールはハレンチそのものだった。

『今晩、3階でHして、明日の朝もHして（中略）京王プラザかどこかでHするのもいいね』

ここで書かれている3階とは、國重の家族が住む同じマンションの3階なのである。大胆といえば大胆だが、何よりも、よりによって不倫相手との密会場所に自宅と同じマンションを選ぶ神経は尋常ではない。この報道があり、國重が楽天を去った後、直接、聞いたことがある。

「國重さん、なんで（不倫現場が自宅と）同じマンションなんですか？　奥さんとバッティングするかもしれないでしょう？」

「そうだねー」

國重は首を傾《かし》げ、考えている風を見せた。そして、やおら口を開いたものだった。

「そうなったら、そうなったでね……」

そして、

「へへへ……」

と笑い、

「ちょうどね、知り合いが持っていた部屋を貸すっていうから、借りたんだよね。場所もいいしさ……」

國重の言動にはやはり世間の常識とか、通念では測れぬところがある。〝タガが外れた人間〟、それは間違いなく國重の魅力でもあったが、世間的には危険な側面でもあった。また、國重もそれをわかった上で、ゲームのように楽しんでいたところも少なくない。

不倫相手の夫に訴えられていることは知ってはいたが、不倫相手からも訴訟を起こされているとは不思議だった。その資料にあった國重のフェイスブックの文面に思わず読み入ってしまった。〝僕が楽天を辞任した理由〟と題された文章は次のように綴られていた。


『今日の朝日新聞の「ひと」欄に、僕の本の事が書かれています。その中で僕は「2年前に女性問題で楽天を辞任」と出ています。イトマン事件で立ち上がったのも、女性問題で辞任したのも、同じ僕です。ここでは、2年前のことを正確に書くことによって僕が「正義の人」でもなければ、本にあるように格好良い人でもないことを示そうと思います。

2014年4月22日、僕の不倫が、週刊誌沙汰になることを知り、僕は楽天を辞任しました。全てはFacebookから、始まりました。

辞任の丁度、1ヶ月前、僕の恋人のお腹にいた僕の子供が、流産により、亡くなりました。僕には、数年間別居中の妻がいましたが、長年の友人だった既婚者の女性と真剣に交際していました。妊娠が分かって前途多難の中でも、お互いに出産する事を考えていました。

子供が死んだ日の早朝、恋人からのメールで僕は子供の死亡を知りました。しかし、その時、僕の隣には、買春したも同然の別の女性が眠っていました。

僕は、子供を流産したというメールを貰った数時間後にも、隣にいた女性と行為をし、夜には、シャンパンで、2人で乾杯しました。その隣にいた女性は、Facebookを介して、会ったこともない僕に接触して来ました。そうして、僕と数回会った日のことを、僕の写真付きでFacebookにアップしていたんです。僕は僕で、分からなきゃ良いやと調子に乗って、全ての写真に「いいね」ボタンを押していました。しかし、僕のタグ付けされた写真を、当時僕の子供を妊娠中だった僕の恋人が見てしまいました。そこから、僕が、その女性と買春同然の関係を持ち、子供が流産した日も、その女性と行為をしたり、乾杯していたことが分かってしまいました。

そうして、僕と恋人が揉めていることを知った人物が週刊誌にリークをしたんです。その週刊誌の記者達が来た時僕は自己保身で、恋人の事を「彼女は、精神を病んでいて、全ての話は妄想だ」と酷いことを言ってしまいました。その結果、怒った恋人が、すべてを週刊誌に話してしまい、証拠も出しました。その結果、あの週刊誌沙汰になったのです。

僕は、楽天副会長のポストと、別居中だったとは言え家族と、恋人の、全てを失いました。

僕は、据え膳食わぬは男の恥という思いが強いために、してはいけないことをしてしまいました。つくづく後悔しています。改めて、死んだ僕の子供に深く謝罪します。そして、楽天の方々にも、辞任でご迷惑をお掛けしたことを深く謝罪したいと思います。これが「女性問題で辞任報道」の全てです』

暗澹《あんたん》たる気持ちにしかならぬような、禍々《まがまが》しい國重の告白だった。どこにも救いのない男の告白なのか？　自ら認めているようにこの騒動で國重は家族を失い、家を失い、肩書きも地位もそして名誉も失った。友人の多くも國重を見捨てるように彼のもとから去っていった。しかし……、と思う。果たして、本当に國重が後悔しているのかと。確かに、年収は1億円を超えると言われ、常に社長三木谷浩史の知恵袋として寄り添う姿は、経済界、マスコミでも一目置かれ、その存在感は本人の自尊心を満たすに十分だったはずだ。そうした待遇、境遇を一気に失う事態は國重をして〝反省〟もさせたであろう。

それならば、なぜこれほどまでに偽悪的な文章を書く必要があったのだろうか。赤裸々すぎる告白の裏側になにかあったのではないかと思ってしまう。そのコピーを持ったまま、國重に目をやる。國重はといえば、万年床の上に所在なげにただ座るばかりだった。

「國重さんさ、それにしてもとんでもない話だよね。いやー、酷い話だよね、今読んでも」

國重は、室内にもかかわらずユニクロで買ったというお気に入りの赤色のダウンを着ていた。以前はずっと髪の毛を短くしていた國重だが、散髪にもしばらく行っていないのか、白髪の混じった髪は不揃いに伸びていた。青白いほどの顔色と相俟って、印象的には老人そのものだった。散らかすだけ散らかした部屋の中でぽつねんと座る國重の姿は、やはり哀れだった。何が彼を支えているのかまったくわからなかった。

國重は緩慢に笑みを少しだけ浮かべ、

「本当にだねー……しょうがないなー……」

「愛人さんとは家族も住んでいたあの（六本木）ミッドタウンの横のマンションだったんだ。國重さんも大胆だねー。Mさん（國重の前妻）にバレたらって思わなかったの？」

「思わなかったんだよ」

不倫相手と2人してホテルを泊まり歩いていた國重は、マンションに部屋を借りた方が、

「安上がりだった」

などとも打ち明けていた。安上がりだからといって、家族が住む同じマンションに愛人との密会場所を作ったりはしない、普通は。でも國重は違うのだ。安上がりだから、作ってしまうのだ。

丸ノ内支店長

どこにでもあるありふれた紙袋に、色々なものが押し込められていた。そんな紙袋が無造作にいくつも並べられていた。掃除の手を休めて袋の中を覗き込み、いくつかの資料を適当に引っ張り出してみる。

ひょっと引っ張り出した1つは、國重の名前が「戦略事業部部長」という肩書きで印刷された、見るからに怪しげな投資顧問会社の組織図であった。またその資料に重なるように元不倫相手の夫から賠償請求された裁判資料があったり、不穏な臭いがするものばかり

が出てくるのだった。

その紙袋の奥に黄ばんだ古い新聞紙が皺くちゃになって沈んでいた。ゴミなのかな、とつまみ出してみると、1994年（平成6年）5月27日の日付が記された「朝日新聞」だった。その皺を伸ばし、広げてみると黄ばんだ紙面の、ある箇所に赤色のボールペンで引いたような線が見えてきた。紙面は、決算、人事を伝える経済欄だった。

その人事欄の赤線が引かれたところに目を落とすと次のように書かれていた。

〝丸ノ内支店長　國重惇史〟

國重の「取締役丸ノ内支店長」を任命する人事がそこには記されていた。奇しくも、國重とは同期入行で、後に、頭取となる奥正之は「国際総括部長」と同じく記されていた。

サラリーマン然とすることを嫌い、進んでその埒《らち》の外に出ようとしていた國重だっただけに、その國重が「丸ノ内支店長」という人事を喜んだ痕跡に他ならないボールペンで引かれた赤線は意外であった。國重もサラリーマンだったんだ、と奇妙な感慨に暫しふけりながら、國重の人事に目を落とし続けた。

「國重さん、丸ノ内支店長の人事だよ、この新聞。嬉しかったんだ？　わざわざ赤線を引っ張ってるぐらいだから」

住友銀行丸ノ内支店は名門支店であり、頭取への登竜門とも言われていた支店である。住友銀行を出された後も國重を終始、守り庇護し続けたのが〝ラストバンカー〟と呼ばれた西川善文《にしかわよしふみ》であるが、彼も丸ノ内支店長を経て、頭取へと上り詰めた。前年（1993年）に初めて丸ノ内支店長となり、この年、同期の中でいち早く取締役にもなった國重は当時、誰もが認める頭取候補だった。

「國重さんは、本当に頭取候補だったんだ？」

笑いながら國重に声をかけた。

しかし、國重はといえば、万年床の上に座ったまま身動きもせずじっとこちらを見ていた。かつての國重からは想像さえできなかった、魚のような目だった。

「やっぱり嬉しかったんだ？　こうやって辞令が載った新聞まで残してんだから」

すると今までじっとしていた國重の顔に表情が表れた。國重は筆者の問いかけに、

「うん。嬉しかったねー」

とはっきりと言ってニッコリと笑った。

「丸ノ内支店長になるともう頭取確定みたいなもんだったんでしょう？」

「まあ、そうかな」

「頭取になると思ってたんだ?」

「うん。なると思ってたね」

なぜかこの件の会話では國重が吃音になることはなかった。國重はかつての栄光の日々を思い出していたのか、表情にも心なしか生気が戻ってきたような気がした。

「でも、ライバルはいたでしょう? それこそここ(新聞)にも載ってる奥(正之。元三井住友銀行頭取)とかはライバルだったんじゃないの?」

國重は言下にこう言い切った。

「奥とかはライバルじゃなかったんだよ。僕が圧倒的にできたから、誰もが國重が頭取になると思っていた。僕だって間違いなく頭取になると思ってた」

ここまで言い切る國重に正直驚いた。よほど自信があったのだろう。すると、國重はゆっくりゆっくりと身をくねらせるようにして立ち上がろうとし始めた。ゆっくりというか、緩慢な動きだった。それは人間の動きとも、昆虫の動きのようにも見て取れた。こちらが彼のもとに近づいて両腕を取り、立ち上がるのを手伝う。無言の國重は立ち上がると、ほんのわずかな歩幅でちょこちょこと歩いては幾つも放置されている紙袋に近づいていった。

「コ……コダマさん、手を……手を貸して……座らせ……」

國重は再び吃音となっていた。紙袋の前に座らせると何か、ブツブツ言いながら紙袋の中を弄《まさぐ》った。すると國重は中から白い紙を見つけ出し、それを持ったまま、こちらに顔を向けて、言うのだった。

「ほら……、これ……」

近寄ると國重が持っていたのは正式な人事発令を命じた紙であった。國重から受け取ったそれには、次のように書かれていた。

取締役　國重惇史

丸ノ内支店長を委嘱する

平成六年六月二十九日

株式会社　住友銀行

頭取　森川敏雄

A4サイズよりもさらに一回り小さな白い紙にはこう書かれていた。國重は晴れて取締役丸ノ内支店長を拝命していた。名門支店の支店長就任は頭取に向かって大きく踏み出したことを意味していた。嬉しくないはずはなかった。約束された輝かしい未来だった。

一見するとなんの変哲もないその一枚の紙に國重は、じっと目を落としていた。襟と袖口が黒く汚れた赤いダウンにジーパン姿の國重が、その辞令を見つめたまま動かない。

降格

頭取間違いなしと言われた國重が丸ノ内支店長から日本橋支店長へ、言わば降格され、そして住友キャピタル証券という傍流会社の副社長に飛ばされる。将来の最有力頭取候補だった國重を飛ばしたのは、当時、会長だった巽外夫《たつみそとお》だった。なぜか？　もともと、巽と國重とは正反対のような性格であり、また銀行家としても歩んできた道がまったく違っていた。だからといって巽はそれを理由に幹部を傍流会社に飛ばしたわけではなかった。

巽はある事実を聞かされたのだ。國重が不倫をしており、すでに不倫相手と子供までもうけている、ということを。また、不倫相手が巽の知り合いでもあったことが、巽の怒りを倍増させた。國重の相手とは、かつて住友銀行に〝天皇〟として君臨していた会長、磯田一郎が最も可愛がった秘書の女性だったのだ。銀行幹部の面々で、この磯田の秘書を知らぬ者はいない。磯田を御《ぎょ》せるのは、この秘書だけだ、とも言われるほど行内では有名な存在だった。

その元秘書と國重が不倫関係にあり、しかもすでに子供までもうけている。この事実に巽はショックを受けるとともに、その怒りの矛先は國重に向いた。

「人倫に悖《もと》るような人間を置いておくわけにはいかない」

一時、巽が國重に依願退職を迫る場面もあった。

怒り心頭の巽を諫《いさ》め、國重を守ったのが当時、専務だった西川善文だった。

「國重は住友（銀行）を守ってきた男です。これからも住友（銀行）には必要な男です。女性の問題は私が責任を持って、ちゃんとさせますから」

西川は必死に巽を説得する。妥協点が依願退職ではなく、傍流の証券会社への異動だった。

「國重さんは、今でも巽を恨んでる？」

國重は淡々としていた。

「最初はね、飛ばせるもんなら飛ばしてみろって思ったけどね……。でも、西川さんにも

『短気を起こすな』って諫められて……」

「で、無念だったでしょう？　頭取の椅子がもう少しのところまできてて」

「うーん、しょうがないなーって。証券でも、何かあるだろうって思って行くことにしたんだけどね」

「でも寂しかったでしょう？」

「もう忘れたけども……」

國重はここで息を継いだ。そして、こんなことを話すのだった。

「（住友キャピタル）証券に飛ばされてしばらくして、西川さんに呼ばれて一杯やったんだよ」

國重によれば、西川は酒の途中で、

「お前を守れずに申し訳なかった」

と頭を下げ、涙ぐんだという。

「しょうがないんだよ……、子供もいたし……」

しかし、頭取の道は閉ざされたが、國重は楽天創業者、三木谷の右腕として復活する。

人生のアヤはわからない。

「國重さん」

こう声をかけると、ウン？　といった風情でこちらにゆっくりと顔を向けた。

「國重さん、どう？　どんなことを思っているの？　國重さんでも後悔してるの？」

「こ、こう、後悔はしてないよ……しょうがねえなーって……しょうがねえよ……」

こう言って曖昧に笑った。

「でもその辞令は捨てられなかったんだ？」

國重はまた曖昧な笑顔を見せた。

「そう、そうだね……。み、み、未練かな……やっぱ、未練……未練かな……」

住友銀行の國重惇史は生きながらにして伝説となっていた。自身の著書『住友銀行秘史』で自ら、ＭＯＦ担での仕事ぶりを「國重の前に國重なし、國重の後に國重なし」と書いたが、現実はもしかするとそれ以上だったのかもしれない。

笑う男

筆者が國重を初めて〝目撃〟したのは、前述した通り、ある経済人の子息の結婚式の会場でだった。主賓でありながら、挨拶代わりだと言って、アカペラで歌を歌った國重のその様は、強烈な印象を残した。1999年6月だった。それからおよそ2ヶ月後、筆者はある金融会社社長の紹介を受けて、國重が社長を務める「DLJディレクトSFG証券」がある東京・神田神保町のオフィスを訪ねた。

初対面は雑談に終始した。もちろん、先に結婚式での國重の〝独唱〟の話、なぜ國重が主賓で呼ばれたのかといった話もした。不思議だったのは、突然の闖入者《ちんにゅうしゃ》にほぼ等しいような筆者に対し、彼が常に明け透けにものを言い、笑顔を絶やさなかったことだ。

前述したが、住友銀行と法務・検察幹部との懇親会「花月会」の発端ともなった料亭「花月」のオーナー、安藤英雄の次男の結婚式に國重は主賓で呼ばれていた。

「へー、あれ（結婚式のこと）に出られていたんですか？　へー、潜入してたんですか？いやー、やりますね。でも愉しそうだな。マスコミはそうじゃなくちゃね。いやー、たいしたもんだな」

当時の筆者の取材メモには、國重が料亭オーナーの次男の結婚式に主賓となった経緯が次のように書かれていた。

安藤と國重との付き合いは國重が住友銀行渋谷東口支店長となった時からだった。同支店は住友が合併した、平和相互銀行の旧支店だった。その支店長時代に安藤との取引が始まり、その中で安藤から持ち込まれたのが、安藤が〝タニマチ〟をしている元横綱、千代の富士の相撲部屋建設への融資の依頼だった。躊躇《ちゅうちょ》なく國重は元横綱千代の富士に3億円の融資を行う。それが安藤との付き合いを深くしていく。普通、安藤のような曰《いわ》く付きの人物との付き合いを銀行員は嫌うが、國重にはそうした素振りはなかった。むしろ、國重はそうした人物との付き合いを愉しむようなところがあった。

会話の最中、國重は笑顔を絶やさなかった。筆者の頭の中にあった〝住友のアキレス腱を握る男〟〝住友の伝説のMOF担〟という強面《こわもて》のイメージと、目の前で童顔をほころばせる男とがうまくシンクロしていかなかった。

メモにはこう書かれていた。

『國重　〝笑う男〟男はあいきょう（愛嬌）』

実際、國重はどんな相手でも笑顔を絶やすことがない。

「男は愛嬌なんだよね。俺の中で唯一ある信条かな……、男は愛嬌、ね」

こうして國重との付き合いが始まり、その付き合いは現在までで20年を超えた。時にホテルのコーヒールームで、時に料理屋で、時にレストランで、國重の口から語られる、それこそイトマン事件やその原点となった平和相互銀行事件の真相は、身を乗り出すほど興味深かった。それらの事件の断片を語る國重の語り口は、さながら聞き手を魔術にでもかけるような趣があった。

「イトマン事件の当時の（大蔵省）銀行局長だった土田《つちだ》（正顕《まさあき》）に社員一同って告発文が何回か送られるんだけど、それは、俺がずっと書いていたんだよ。土田が『こんな格調の高い怪文書は初めて読んだ』って言ってたけどね」

「あの金屏風あったでしょう？　そうそう、八重洲（画廊）の真部《まなべ》（俊生《としお》）。当時、マスコミでは真部から政界に金が流れたって大騒ぎしてたよね。だけど俺はある大蔵省の人間を通じて真部の銀行口座の金の流れを知っていたから……。ヘイソウ（平和相互銀行）から流れたカネは全部、真部の借金返済だったよ」

これらの詳細は後に譲るが、一事が万事この調子なのだ。マスメディアに身を置く者ならば、食いつかないわけはないネタを國重は笑顔を絶やさず、ごく当たり前のように話していたものだった。國重が住友銀行の伝説になるのは当たり前であった。その一方、銀行員という枠には収まらないのも明らかだった。

海賊の血

昭和20年（１９４５年）、國重は山口県下松《くだまつ》市に生まれる。父岩雄は山口県下の企業「徳山曹達《そうだ》」（現、株式会社トクヤマ）に勤めるサラリーマンだった。戦前、岩雄は日本統治下の朝鮮にあった京城師範学校を卒業するのだが、その在学中に家庭教師をしていた相手が当時女学生だった國重の母英子なのである。母英子の父は朝鮮総督府長官の主治医を務める医師だった。

しかし、國重が物心ついた頃、彼は母と2人して母の実家のある栃木県宇都宮市で生活をしていた。母英子は同居していた義理の母との折り合いが悪く、國重を連れて実家に帰っていたのである。折れたのは父岩雄の方で、父は母子を迎えに行く。結局、父は徳山曹達を退職、東京で住友海上火災に転職する。

國重という姓は珍しく、國重は事あるごとに嬉しそうに話していたものだった。

「國重家のルーツは平戸島《ひらどしま》なんだよ。國重の血は海賊なんだよね」

本人は海賊の血が入っていることを殊《こと》のほか喜んでいた。

國重の祖先が海賊かどうかは不明ではあるが、確かに長崎県の平戸島は中国、朝鮮半島へ開かれた場所であり、平安以降は海賊として名を馳せ、朝鮮半島でその存在を恐れられた松浦《まつら》党の本拠地でもあった。

漁猟民族を思わせるその血が自らに流れていることを國重は喜んだ。非常に雑駁《ざっぱく》な分け方をするならば、安定的な生活を志向する農耕民族ではないということに、どこか誇らしげだった。

「勉強ほど楽なものはなかった。やればやっただけ成績は良くなった」

こう話していたように、國重は東京教育大学附属高校（現、筑波大附属）から東京大学経済学部に進学する。卒業したのは、昭和43年、１９６８年だった。國重ら昭和43年組が卒業を間近に控えた1月には、医学部が無期限ストライキに突入する。東大闘争は國重が在学中から始まっていた。そして、翌年の1月には安田講堂を占拠・封鎖していた学生に対し、大学当局は警察、機動隊に出動を要請。立て籠《こも》った学生らは機動隊によって、排除、大量の逮捕者を出すこととなる。

その封鎖解除を警察で指揮したのが、当時、第七機動隊隊長、池田勉だった。警察庁キャリア官僚だった池田はその数年後、小宮山《こみやま》良子という女性と見合いをし、結婚することとなる。池田が伴侶に選んだこの女性こそ、平和相互銀行を一代で築いた小宮山英蔵《えいぞう》の長女だったのだ。この結婚を機に池田は警察庁を退職し、平和相互銀行に入行することとなる。この縁については改めて後述する。

昭和43年、國重は住友銀行に入行する。特別に住友銀行に思い入れがあったわけではなかった。

「新日鐵からも内定を貰っていたが、鉄を一生売るのもどうかと思ってね。鉄よりは銀行かなって程度だったかな。なぜ住友かって？　他の銀行も回ったけども、住友が一番面白そうだった」

しかし、國重は就職に汲々《きゅうきゅう》とする学生ではなかったようだ。事実、住友銀行の面接当日、國重が面接官に提出した履歴書には写真が貼られていなかった。

「うっかりしていた」

およそ半世紀前のことを國重はニヤニヤしながら思い出していた。しかし、事実は少し異なっていたようだ。國重は確信犯、つまり故意に写真を貼らない履歴書を出して、どう反応するかを見ていたというのだ。國重の生き方には〝トリックスター〟のような大胆さと、確信犯的な仄《ほの》かに黒い笑いが付きまとう。それにしても、大胆な学生という他ない。

國重にとって、あらゆる物事はゲームの対象であり、それに挑む國重はいつもある種の全能感に支配されてもいた。

その突出した才覚で國重は住友銀行のみならず、当時の金融当局に知れ渡る存在となるが、それにはまだもう少し時間が必要だった。

國重が一行員として配属されたのは丸ノ内支店だった。後年、自らがこの支店の長となることなど予想だにしなかっただろうが、この支店から國重の住友銀行での生活は始まる。國重によれば、新入行員の配属先として〝第一選抜〟と目された者たちが配属されたのは、「人形町支店」か「新橋支店」で、「丸ノ内」はその次という位置づけだった。

新入行員日誌

当時、住友銀行の新入行員は日々の日誌を書き、それを上司に提出することが義務づけられていた。その貴重な〝日誌〟が残されている。

弱冠22歳の青年の初々しさが残る國重の日誌は、昭和43年（1968年）6月16日から始まっている。

國重の日誌が始まるおよそ10日前に米国では元司法長官、ロバート・ケネディが暗殺され、ベトナム戦争は一向に先行きの見えないまま続いていた。また、国内に目を向けると、東大医学部に端を発した学園紛争が、他の大学にも広がり不穏な空気が流れ始めていた。成田空港建設に反対する三里塚闘争はますます激しさを増していた。

一方、高度経済成長を直走《ひたはし》る日本経済を象徴するような地上36階、高さ147メートルの「霞が関ビルディング」が完成したのもこの年だった。世界は混沌とした政治の季節が続いていた。その一方で日本の経済成長はとどまるところがなかった。

6月16日、國重は、〝奔馬《ほんば》のような日々〟という語句で始める日誌を認《したた》めている。

『奔馬のような日々。あっと言う間の一ヶ月だった。色々な事を経験した。だが、それらは今、私の脳髄の中で精査されないまま流動している。全ての事が、私の大学時代想像していたことと喰違っているようでもあり、また想像通りだったようでもある。社会とは何か？　社会人とは何か？　私にとってこの一ヶ月間は、まさにこの問をかみしめ、味わうための期間だった。（以下略）』

〝奔馬のような日々〟の「奔馬」はおそらく三島由紀夫の長編『豊饒《ほうじょう》の海』の第2章「奔馬」から取ったものだろう。同連載が文芸誌「新潮」で始まったのは前年の2月号からだった。

22歳の青年らしい、勢い込んだ文章である。

この日誌の最後は同年8月28日。

『いよいよこの日記をつけるのも今回が最後である』

という書き出しで始まる最後の日誌には、こんなことが書かれていた。

『銀行生活から学んだものばかりではないが、この世の中が全て自分の思い通りに動くものではないことを、私はいやという程、知らされたように思う。人間とは〝正義〟の同義語であり、各人が己の絶対的な〝正義〟を前面に押し出し、主張せざるをえないとするならば、それはまたやむを得ないことである。それ故、一つの意志の実現には、他の多数の意志の挫折、犠牲を伴う。そして、社会は多数の意志の挫折、犠牲を呑み込みながら、その現実意志を実現していく。己の意志を挫折させることなく貫徹するためには、その底に強靱な精神力を必要とするのだ、ということを今、私はつくづく味わっているのである』

目的を貫徹するための意志の必要性を、國重はことさらに強調していた。

青年らしい、肩をいからせた文章。

後に幹部候補としてはっきりとした道を歩んで行く國重だが、この時はまだ雑多な候補者の1人として、多くの行員が歩む道、つまり支店での預金集めに靴底を減らすこととなる。

結婚式

「國重さんも預金集めをやったんですか？」

こう聞くと國重が当時を思い出したのか、少し顔を曇らせ、

「しょうがねえから、やったよ。あまり面白くはなかったけどね」

当時の銀行員は大晦日、元日といっても出勤が当たり前だった。丸ノ内支店勤務の國重も出勤する。しかし、出勤先はいつもの丸ノ内支店ではなく、明治神宮だった。新入行員たちは、大晦日から始まる参詣者たちが投げ込む賽銭を数え、集めるのが仕事だった。

國重は本店業務第二部に在籍したのち、米マサチューセッツ工科大学（ＭＩＴ）大学院に2年間の留学を果たす。

「たいしたことないよー」

國重のこういう風情には、過度の謙遜などが微塵もなく、本人は本当に〝たいしたことない〟と思っているのではないか、とこちらが勘ぐりたくなるほどだ。ＭＩＴへの留学は、國重が言うように「たいしたことない」程度で叶うものではない。留学の背景を國重に問うても、はっきりとした答えは返ってこなかった。國重によれば、三和銀行（現、三菱ＵＦＪ銀行）の友人とたまたま会った時に、その友人が米国に留学すると聞き、

「自分もできるのかな」

と思い立ち、上司に相談した。その結果、留学を許されたというのだ。留学制度に応募したとか、留学に向けて周到な準備をしたとか、そうした努力は一切していないという。

後年、國重は住友銀行を離れて、楽天に転じる。その楽天で國重が支えることとなる同社創業者、三木谷浩史もやはり日本興業銀行（現、みずほ銀行）時代、米ハーバード大学に留学している。が、三木谷の場合は、毎朝、2時間余り早起きしては、英会話学校に通い、夜といえばどれほど遅くなっても英語の勉強を欠かさなかった。その明確な努力の結

果が名門、ハーバード大学への留学だった。三木谷のそれと比すると、國重のそれはあまりに気楽に映ってしまう。ＭＩＴはハーバード大学と比較しても遜色ない名門だ。

留学に先駆け、國重には大きなセレモニーが待ち受けていた。結婚式だった。入行してわずか４年。國重は結婚を決意する。

國重の結婚相手は中堅ゼネコンの創業家の長女だった。聖心女子大学に在籍する女子大生で、國重が彼女の高校時代に家庭教師をしていたことが縁となった。思い出して欲しい。國重の両親もまた父岩雄が母英子の家庭教師をしたのが結婚のきっかけとなった。

「両親と同じじゃないですか？」

國重はまいったな、という風情に苦笑し、

「そうなんだよー、やっぱ血かな……どうしょうもないなー」

昭和47年（１９７２年）11月５日、國重は結婚式をあげる。場所は東京、丸ノ内にある日本工業倶楽部内の宴会場だった。会場もそうだが、参列者も錚々たるものだった。新婦の実家が住友銀行の有力取引先ということもあったのだろう、新婦の方の主賓は江戸英雄だった。〝三井不動産の天皇〟と呼ばれていた江戸は、当時、会長となっていたが、不動産業界で江戸に逆らう者はいないと言われるほどの力を持っていた。

一方、國重の方の主賓となったのは、堀田庄三だった。堀田は〝住友銀行の法皇〟とまで呼ばれた実力者で、当時、会長職になったばかりであったが、銀行業界では圧倒的な力を持っていた。堀田を主賓に招いたのは、仲人を務めた樋口廣太郎《ひぐちひろたろう》だった。後に同銀行の副頭取、そしてアサヒビールに転じては社長、会長となり、「スーパードライ」の大成功でビール業界で不動だったキリンビールの牙城を切り崩し、業界トップとなった立役者として持て囃《はや》された経営者となる。

当時、取締役就任を目前としていた樋口とて、國重が相当に有望な幹部候補だったがゆえに、仲人を引き受けたのだろう。また、わざわざ新婦側の主賓に釣り合う主賓として堀田を呼び、堀田もまた國重の将来性以上に新婦側への配慮から主賓を引き受けたと思われる。

モーニング姿の新郎、國重。そしてウエディングドレスを纏《まと》った新婦。國重の眉目秀麗な姿とともに、将来を約束された若人の門出に相応しい華やかさが手元にある写真からも見て取れる。住友銀行、國重の未来は光り輝いていた。

MITへの2年間の留学を終えて帰国した國重は、業務企画部部長代理となる。業務企画部とは、言わば預金集めの総元締めのような部署。國重が在籍した当時、同部署の最大のミッションは、100万円以上の預金者の裾野を広げることだった。

「大号令をかけ、部下を叱咤激励する部長の陰で適当にやっていた」

國重はこう振り返るが、目標としていた100万円以上の預金者を1000人以上増やすというノルマは、やすやすと達成してしまったという。しかし、当時の國重はある種の空疎な思いで東京・大手町の住友銀行本店に通っていたという。その空疎感はどこからきていたのか。その所在がわからぬまま日々を過ごしていたともいう。そんな矢先、國重に辞令が下る。企画部への異動だった。銀行員としても、また一個人としても人生の大きな、大きな転機となる人事だった。

人事異動の申し渡しを聞きながら、國重は思うのだった。もしかするとこの世には見えない神がいるのかもしれないと。自分の空疎感を見て取った神が自分を異動させたのかもしれない。かといって、企画部が何をする部署なのか明確に把握しているわけでもなかった。また自分がどのような業務を与えられるのかも、まったくわからなかった。わからぬまま國重は本店4階の「企画部」と書かれた一室の戸をノックするのだった。その扉の向こう側には、國重の銀行員としてのキャリア、また人生そのものを一変させてしまう世界が待っていた。

第2章

伝説のMOF担

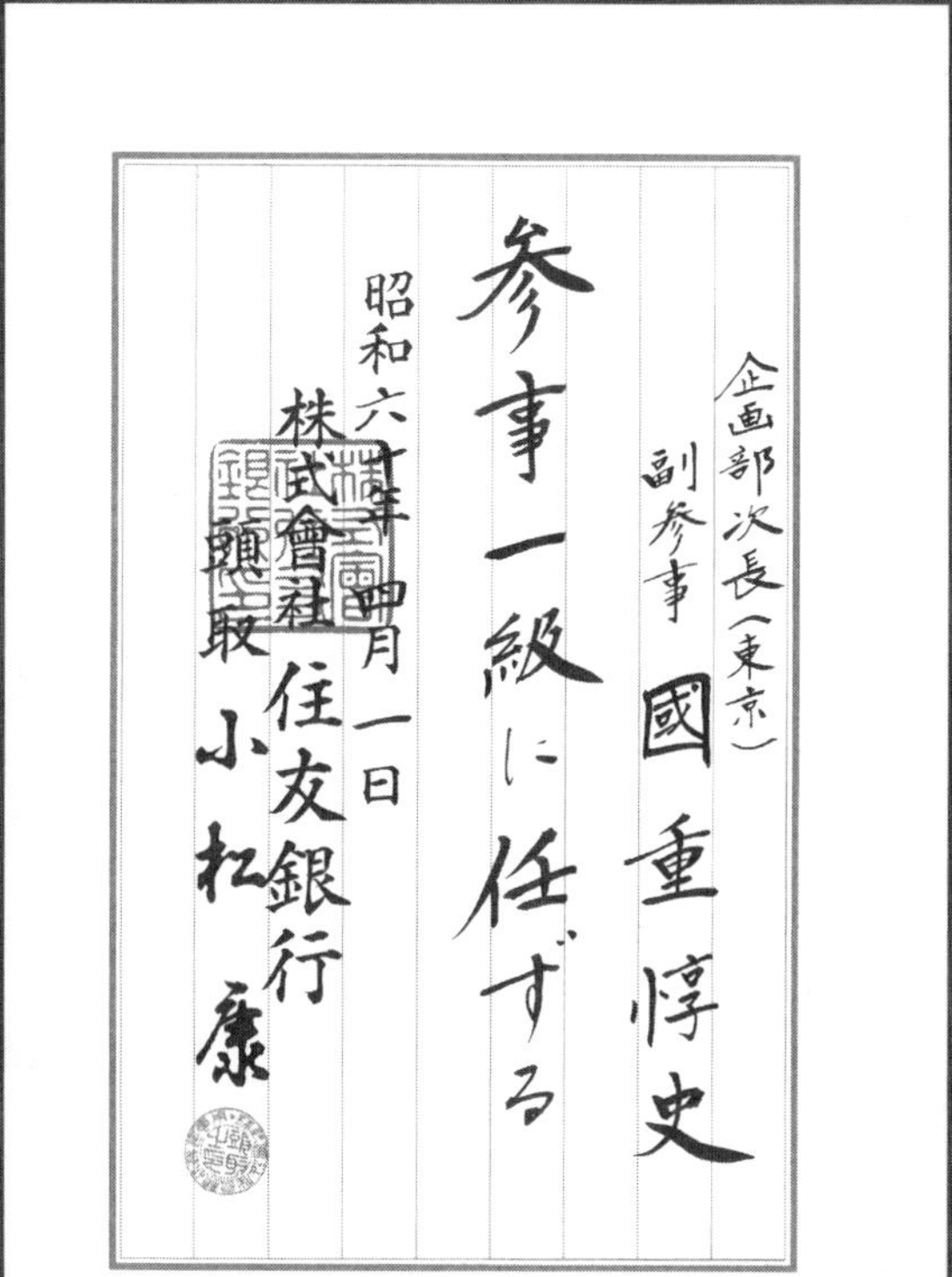
企画部次長（東京）
副参事 國重惇史
参事一級に任ずる
昭和六十年四月一日
株式會社住友銀行
頭取 小松康

企画部で國重は出世レースに乗った

初の業務命令

その日、また白宅を訪ねたいという電話をすると、國重は珍しく注文をつけた。

「外で会いたい」

國重が指定したのは、東京・六本木にある高級ホテル「リッツ・カールトン」の喫茶室だった。45階という高層にある喫茶室は、天井が高く、アロマの匂いが漂っていた。ピアノの生演奏が流れるその雰囲気は、高級感に溢れていた。

國重が現れた。最近、ずっと着続けている赤色のダウンを着ている。ネルシャツにジーパンも最近の定番だった。トートバッグを持ち、歩幅の小さくたどたどしい足取りで歩いて来る。こちらに気づくと、微かに笑い、小さく右手をあげた。

数週間ぶりに会う國重は元気そうだった。顔色も悪くなかった。

「國重さん、元気そうじゃないですか？　顔色も良いし」

「そう？」

國重は怪訝《けげん》そうな表情を作った。

「元気そうだ。でもさ、その服さ、どうにかしようよ。酷く汚れてるよ。それそれ、別のにした方がいいよ。なんなら、俺、買ってくるよ」

國重が好んで着ている赤色のダウンの袖口、襟元は黒さが目だった。そうして見るならばジーパンも洗濯をしている風はなかった。改めて、70歳を超えた國重が1人で住む赤坂のワンルームマンションの中を思い浮かべた。敷きっぱなしの布団、ビールの空き缶、ゴミが散乱する部屋を。近くのコインランドリーに行っているとは話していたが、今の國重に背広を着なければならないような用事はあまりなかった。

「まあ、着られるからね……しょうがねえなー」

〝しょうがねえなー〟は國重の口癖だった。

「國重さんさ、改めてさ、MOF担（大蔵省担当）の話を聞かせてくださいよ」

「いいよ。……前に言ったと思うけども、まあ、本（『住友銀行秘史』）にも書いたけど、『國重の前に國重なし、國重の後に國重なし』って言われていたから……」

「そりゃ、そうでしょうね。私にとっては、國重さんはもう伝説の人だったから……。その伝説はイトマン事件もあるけども、やはりMOF担での活躍ですよね」

「……そうだね……」

昭和50年（1975年）、前述の通り入行して7年目の國重は企画部への異動を命じられる。肩書きは企画部部長代理だった。29歳、将来を約束されていたとはいえ、抜擢人事だった。しかし、本人はさほどに感じてはいなかった。

「業務企画部で預金集めばかりだったから……人のお金を数えてばかりじゃ、しょうがねえなーって思ってたんだよね」

当時の企画部長Aは、厳格な人物として知られていたという。そのAから呼び出された國重は一言、次のように申し渡される。

「今日からMOFの担当だ」

その厳めしい顔を今でも國重は思い出せるという。

そして、早速、仕事を与えられる。

「他行の収益の数字を取ってこい」

当時、収益でトップを走っていたのは富士銀行（現、みずほ銀行）で、住友銀行はその後塵《こうじん》を拝していた。収益で富士銀行を抜く、それが会長、伊部恭之助《いべきょうのすけ》の悲願だった。

そのために他行の、もちろん富士銀行も含めて、収益表を取ってこいというのが部長Aの業務命令だった。

初の業務命令を前に國重は途方に暮れる。それもそうだろう、いきなりＭＯＦ担を命じられるや、最初に指示された業務が銀行にとっては〝秘中の秘〟である。持っているのは当事者である銀行と所管省庁である大蔵省のみ。Ａ部長はそれを取ってこいと國重に申し渡したのである。

赤心あるのみ

省庁の中の省庁と言われ、霞が関で圧倒的な存在感を示していたのが大蔵省だった。すべての国会議員の金銭事情は全国各地にある国税事務所からすべて大蔵本省に報告されていた。それは、単に国会議員の情報だけでなく、家族はもちろん、系列の県会議員、市町村議員にも及んだ。カネに紐づいた人間関係などの情報もすべて吸い上げられ、本省に報告されていた。

圧倒的な情報力、そして国家予算を握る大蔵官僚なくして、時に政権は政治日程さえも組めなかった。つまり、大蔵省に見放された政権は早晩、瓦解の憂き目にあった。それほどまでに大蔵省の権力は絶大なものであった。それは、金融業界についても同じだった。

箸の上げ下げまで大蔵省の意向に従わねばならなかった。護送船団方式の頂点に立つ、大蔵省。それだけに、各銀行は特別に大蔵省担当の行員を張りつけ、その情報を他行に先駆けて得ようと必死だった。

とりわけ、各行の幹部らが欲しがったのは、大蔵省による銀行検査情報だった。表向きは抜き打ちで、各銀行の一支店に大蔵省の検査官が入り、健全経営が為されているかどうか、悪質な貸出、悪質な不良債権がないかどうかを検査するものだった。銀行では〝MOF検〟と呼ばれていたこの検査が、いつどの支店に入るのかという情報は、銀行の最大の関心事の1つだった。

こうした銀行存続にも関わるような重大情報を得る役を担わされたのが、大蔵省担当、通称〝MOF担〟だった。この情報を取れないMOF担は、失格の烙印を押され、〝島流し〟の憂き目にあうこともしばしばだった。それだけに、各行ともに優秀な人材を投入していた。MOF担は間違いなく幹部への登竜門だった。

その登竜門に國重は立たされたのだ。しかし、まず他行の収益表を取るという初めてのミッションから國重の前には厚い壁が立ちはだかる。

「これには苦労したねー」

普段、弱音を吐いたり、否定的な言葉を使ったりすることがめったにない國重が、MOF担としての初仕事については、開口一番こんな言葉を使って、ため息まじりの息を吐いた。珍しいことだった。それほど辛い体験だったようだ。

「A部長は本当に、厳しい人でね……。それに、前任者からの引き継ぎも何もないんだよね、これが」

「えー、引き継ぎがなかったんですか？」

思わず聞き返してしまった。

「引き継ぎはなかったねー。今、考えると不思議なんだけども……」

「國重さん、文句言わなかったの？　引き継ぎしないと大蔵（省）の中の人脈はなかなか作れないでしょう？」

「なかったなー。まったく記憶にないもの。だから、どうしようって、途方に暮れたんだよね、最初は」

一般には、MOF担は東大卒業者が多いとされた。大蔵省の官僚の大半が東大の卒業生であることを考えればそれも当然なのだが。國重も東大卒だった。

しかし、國重によれば、

「東大の同期だとか、高校の先輩後輩とか、そんなもんが役に立つのは親しくなってから。最初からそれを当てにしてやろうとしてもまったく役に立たない」

というこららしい。

途方に暮れた國重は、まず担当部署である大蔵省銀行局銀行課に電話を入れる。しかし、先方は忙しいの一点張りで会うことさえも叶わない。

「そんなこと言わないで会ってくださいよ」

やっと会うことができても、名刺交換を済ますと、さっさと席を立ってしまい、まともな会話さえできない。

「名刺交換をしてしまえば、堂々とその部署に行けるから、通ったよ、それからは」

この言葉通り、國重は毎日、朝と言わず昼と言わず、夕方と言わず、時間さえあればご用聞きのように銀行課に顔を出した。その甲斐もあって、少しずつ会話をしてくれるようになっていった。

「やっぱ通わないとダメなんですね」

「それが、ダメなんだよ、通うだけじゃ」

ただ通うだけではダメと言った國重が、肝心なのは、と続けた言葉が、

「赤心《せきしん》あるのみ」

というものだった。余りに意外な言葉で、思わず、

「赤心って、〝赤い心〟って書く、あの赤心ですか？」

と聞き返したほどだった。そして、國重は、

「そう、そう、その赤心あるのみなんだよ、ＭＯＦ担だって」

しかし、國重のキャラクター、どんなことにも意図的にゲームを仕掛けるような、確信犯的なそれと〝赤心〟、つまり嘘偽りのない誠、というのがどうにもしっくりとこなかった。

「悪いけど、國重さんと赤心って、どうもしっくりこないんだけども」

こう言うと國重は、

「そう？」

と言っては、こんな説明をするのだった。

「要はね、大蔵省の人間から見ると、目の前の男、それは國重なんだけども、自分が協力しないとその男は上司からこてんぱんに叱責されるんだろうな、という風情を醸し出すんだよ」

「へー、そういうもんなんですか」

「そうだよ、そういう風情が大切なんだよ、雨に濡れた子犬みたいな風情が……」

國重は大蔵省銀行課に毎日、顔を出しては、上司からの圧力が大変だと、愚痴を零《こぼ》しては引き揚げていった。〝雨に濡れた子犬〟の風情を出すために、クリーニングから戻ったばかりのワイシャツは絶対に着ることはなく、わざと皺のよった、薄汚れた感のあるワイシャツを常に身につけていた。背広もすぐ皺になるような背広を着ていた。上等な背広を着ることはなかったという。

ベテランさん

雨に濡れた子犬よろしく、大蔵省に顔を出しては、成果がなくがっくりと肩を落とし、大蔵省を後にする毎日を國重は送っていた。そんなある日、

「失礼しました」

と大蔵省銀行課の扉を閉めて廊下に出た國重の後を追ってくる者がいた。大蔵省銀行課の課員の1人だった。名前を阿部という。その阿部が國重を呼び止める。

「あんた毎日大変だねー」

阿部はこう國重に声をかけ、國重を別室に招き入れた。

「大変だね、毎日。あんた、うちの何が欲しいの?」

國重の哀れな姿に阿部は同情したのだった。こうして始まった國重と阿部との関係は、阿部が亡くなるまで続いた。その後、國重の名を住友銀行はおろか、金融界全体に知らしめた最大の協力者が阿部だった。

國重が言うところの〝赤心〟を示すために、よれよれの背広、皺くちゃのワイシャツを身につけ、哀れな銀行員を演じて見せることを計算ずくと捉えるのか、それとも赤心を一生懸命に考えた結果の行動と取るのかは意見の分かれるところだろう。

國重はこの阿部を通じて多くのことを学んでいく。一般に東大を卒業したキャリア官僚こそ、権力を体現しているように思われるが、実際の実務、情報を握っているのは2年ごとの異動を繰り返すキャリア官僚ではなく、一切の事務処理などを担う異動のない〝ベテランさん〟と呼ばれるノンキャリア(通称ノンキャリ)の事務官たちだった。

國重はこうした事務官たちに狙いを定めて距離を縮めていく。そうした時に、よれよれの背広ながらも笑うと可愛げのある顔になる國重の童顔は、大きな武器となった。東大卒とは思えぬ腰の低さ、ざっくばらんさも事務官らの警戒心を解くには十分だった。

「やっぱり、高級クラブや料亭に連れていって接待するんですか？」

こう聞くと、國重は露骨に顔を顰《しか》めた。

「そりゃ、クラブや料亭に行くこともあるけども、肝心な話の時は焼鳥屋なんだよ。焼鳥屋。クラブや料亭を使うなんていうのは、下の下なんだよ」

1998年（平成10年）、大蔵省、日銀を舞台にして起こった接待汚職事件。多数の逮捕者、また自殺者までを生んだこの事件がきっかけとなり大蔵省は解体され、金融部門の検査・監督が分離し、金融庁が誕生する。これを機に大蔵省の力は目に見えて失墜していく。この事件の舞台の1つとなったのが〝ノーパンしゃぶしゃぶ〟が売りの店だった。下《げ》卑《び》た接待の象徴としてマスコミに大きく取り上げられもしていた。

國重に言わせるならば、〝ノーパンしゃぶしゃぶ〟による接待など考えられもしなかったという。國重自身行ったことがないと話していたが、その口ぶりには、嫌悪の思いが強く滲んでいた。

住友銀行へ入るＭＯＦ検（大蔵省の検査）の日取りも、秘中の秘である各行の収益表も、損益状況表も、國重はすべて焼鳥屋で教えてもらい、〝ブツ〟を手に入れたという。

なぜ焼鳥屋なのか？　なぜ焼鳥屋でなければならないのか？　そこには國重の人間心理を読み尽くした、ある種の〝美学〟が存在していた。

「ちょっと親しくなると一杯行きましょう、ってことになるよね。そこでいきなり高級店はダメなんだよ。そもそも、一杯やる店は、向こうに選ばせた方がいいんだよ。気安くなったとはいえ、役人はやっぱり警戒するから」

國重に言わせれば、ノンキャリの役人とて、1軒や2軒の馴染みの焼鳥屋くらいは持っているもんだ、と。だから、最初の頃は店は先方に選ばせていたという。

國重の芸は細かい。焼鳥屋にしても、向かい合って座るのは距離感が縮まらない。カウンターのように一緒に並んで座った方が親近感が湧くという。なぜカウンターなのか。なぜ横並びで座るのか。

機微に触れる話だけに普通ならば個室と思うのだが……。

「個室になると人間は必ず構えてしまうんだよね。何か特別な感じがしてしまうから。それが、カウンターで横に並んで話すと、肩が触れ合うような親近感が生まれる。息がかかるほどの近さは、いつの間にか〝共犯〟に近い関係を醸し出すんだよね。それが、大切なんだよ。〝共犯関係〟が」

國重によれば、重要な頼みごとや情報は、ほとんどが焼鳥屋のカウンターでやり取りされていたという。もちろん、ノンキャリだけでなく、キャリア官僚を接待することもある。距離を縮めると同時に、キャリア官僚とも近い関係であることは、ノンキャリを安心させる効果もあるという。

また、國重は店での支払い時、絶対に領収書は貰わなかった。相手の心理的な負担になるような、住友銀行名義で領収書を切ることは一度としてしなかった。ノンキャリには國重が自腹で払っていると思わせることも重要だった。

接待した翌日、店が開く前の夕方4時頃、國重は前日呑んだ店に顔を出しては、

「すみません。昨日来た住友の國重ですが……、住友銀行で領収書をお願いできますか」

と頭を下げて領収書を貰っていたという。ユーモラスな國重ならではのエピソードだ。

共犯者

國重の相手の心理を読んだ究極の〝密室芸〟は、ガードの固い大蔵官僚に胸襟《きょうきん》を開かせていく。焼鳥屋のカウンターに並び、陽気に酒を呑む。口をついて出てくるのは女房の悪

ロ、子供の愚痴、そして上司への罵詈雑言《ばりぞうごん》。國重はどこにでもいるサラリーマンだった。その酔っぱらったサラリーマンが時折、笑ったかと思うと、耳元で囁くのだった。
「ＭＯＦ検が近いみたいなんだよ。いつかな？」

こうした聞き方も國重が独自に身につけたノウハウだった。ズバリＭＯＦ担とは何か？と聞いたことがあった。國重の答えは秀逸だった。

「そうね……。共犯者を作ることだよ」

國重の魔術にかかった〝共犯者〟が大蔵省の中に１人、２人と増えていった。

ある時はこんなことがあった。いつものように焼鳥屋でオダを上げていると、相手の大蔵官僚が妙なことを言い出した。

「國重ちゃんにあげちゃおうかな？」

國重が怪訝な表情を見せる。その反応を楽しむようにそのノンキャリが切り出したのは、近々ＭＯＦ検の入る富士銀行（現、みずほ銀行）用の検査資料があるということだった。

後日、

「これやるよ」

と分厚い資料のコピーを國重は手渡された。

翌日、住友銀行の上層部に小さな騒ぎが起きた。

住友銀行がその預金量、収益率で鎬《しのぎ》を削る富士銀行の資料。まったく住友銀行には関係のない資料なのだが、

「あいつらこんなことを聞かれるのか？」

「やっぱりあの支店には問題があるんだな」

「支店長クラスで交際費はこれくらいなのか？　うちより少ないな」

役員らは他人の不幸は蜜の味とばかりに、笑みを浮かべながら國重が持ち帰った資料を食い入るように見ていた。

また、やはり富士銀行の幹部らの詳細な資料を、大蔵官僚から入手したことがあった。その時は、幹部の給与明細から支店行員の詳細な個人データまで、資料は段ボール箱で数箱に及んだ。コピーを面倒くさがった國重が、

「どうしよう？」

と言うと、その官僚は、

「台車を貸すからそのまま持って帰って、コピーが終わったら郵便で送ってくれよ」

ウソのような話だが、本当のことだ。國重は、同期の人間が2、3年ごとに異動を繰り

返すのを横目に見ながら、特殊業務を10年続けることになる。銀行は、國重を手放さなかった。國重の仕事ぶりは余人をもって替え難かった。本人が、

「圧倒的に〝できた〟」

と自画自賛するのも無理はなかった。

國重メモ

國重は大蔵省でも一目置かれる存在となっていった。

昭和56年（１９８１年）、大蔵省銀行局は緊張感に包まれていた。50年ぶりという銀行法の改正をなんとしてでも推し進めようとしていたからだった。大蔵省主導の下で自由化を進めるという「改正銀行法」には、民間金融機関はこぞって反対の意思表示をしていた。銀行の幹部らは大物政治家の間を回っては法案潰しにやっきとなっていた。

大蔵省銀行局の局長以下、銀行局の職員、そして民間金融機関の幹部らがその一挙手一投足を注視していたのが、自民党財政部会での議論だった。

自民党本部の部会が開かれていた部屋の外の廊下には、大蔵省の若手らが部屋から出て

くる議員らを待ち構えていた。こうした光景が毎日のように見られていた。それほど、銀行局は政治家の情報を欲しがっていた。

緊張感が走るその部屋の中に國重の姿を見ることができた。民間金融機関の会社員にすぎない國重が議員らに混じって、財政部会の議論に耳を傾けていた。なぜこんな芸当ができたのかといえば、次のような事情からだった。

当時、香川県選出の木村武千代《たけちよ》という衆議院議員がいた。この息子、義雄は後に父の地盤を引き継ぎ政治家となるが、その頃は父の秘書をしていた。その義雄の前職は住友銀行の行員。國重は行員時代の木村義雄を可愛がっていたこともあり、義雄の秘書バッジを借りて、秘書の肩書きで財政部会に潜り込んでいたのである。

國重は、財政部会での議員らの発言を、さながら速記者のように筆圧の低い文字で書き留めていた。もちろん、MOF担としてのミッションの1つでもあった。その〝國重メモ〟に目をつけたのが大蔵官僚。國重とも近しかった銀行局総務課課長補佐だった。

「國重さん、そのメモ見せてくれると助かるんだよ」

銀行法の改正に目を血走らせていた大蔵省銀行局にとって、日々刻々と変化する議員らの議論、考え方、方向性を一分一秒でも早く入手することは極めて重要だった。國重はコピーをとっては、その課長補佐にそれを毎日のように手渡していた。

「これは貸しですよ」

國重が和やかな表情でこう言うと、課長補佐は毎回、國重を拝むような仕草をしては、

「何でも情報は出すよ」

と言い、コピーを受け取ると小走りに走り去っていった。こうして大蔵官僚らはまた國重に搦《から》め捕られていった。

社内改革

國重の優秀さは、ＭＯＦ担のような特殊領域にとどまらなかった。特殊な能力とともに、いわゆる広範で一般的な能力も持ち得た。

その強烈な個性で金融経済界に名を刻んだ磯田一郎が、住友銀行の頭取に就任したのは昭和52年（１９７７年）だった。その翌年、磯田がまず初めに手がけたのは、大胆な社内改革だった。

その社内改革とは、当時、職能別に23の部門に分かれていた組織を、６つの総本部体制

に組み替えるというものだった。総本部長には副頭取を置き、各総本部の長には青天井の決裁権を与えた。およそ1万8000人の行員のうち、1500人以上がこれにより異動するという大掛かりなものだった。

その総本部体制の社内改革を提言したのは、意外や國重だった。

「國重さんは、こうしたこともできるんですね。國重さんには、なんというかトリッキーなイメージがあって……、MOF担みたいな特殊技能というか」

「そうね」

國重はあまり興味なさそうに言葉を継いだ。

「まあ、三和（銀行）の友達から三和の行内改革の話を聞いてね。うちでもできねえかって思ったんだよね」

國重は同期の人間などから縦割り組織の弊害、動きづらさをよく聞いていた。それは國重の頭に埋め込まれていた。その記憶を甦《よみがえ》らせたのが、三和銀行の友人との会話だった。

國重はすぐさま、友人の伝手《つて》を頼って当時はあまり知られていなかった、コンサルタント会社「マッキンゼー」を訪ね相談を持ちかける。この段階ではあくまで相談のレベルだった。國重の相談相手として出てきたのは、大前研一。のちに「マッキンゼー」日本法人の代表となるとともに、〝コンサルタント〟の代名詞ともなる人物だ。

國重、大前で会合を重ね、大きな枠組みが決まった段階で、國重は企画部の上司に相談、その上司とともに常務の樋口廣太郎（後の副頭取、アサヒビール社長）に提案した。樋口はすぐさま頭取の磯田に具申する。磯田の決断は早かった。1週間とかからず、磯田はこの案を採用する。そして、およそ1ヶ月後、総本部制への移行が発表される。大前率いる「マッキンゼー」の部隊が住友銀行本店に乗り込んできた。人事異動が矢継ぎ早に発令されたり、行内で引っ越しが行われるなど、行内は騒然とした雰囲気となる。

「〝マッキントッシュ〟が何をやろうとしてるのか？」

「〝マッキンジー〟に銀行のことがわかるのか」

行内のあちこちにこんな声で不満を漏らす者がいた。誰しもが初めてのことに不安を覚えていた。今でこそ、「マッキンゼー」はよく知られているが、当時は「マッキンゼー」を〝マッキントッシュ〟と言ったり、〝マッキンジー〟と言ったり、まったく馴染みのないものだった。そんな時代だった。

慌ただしい行内の中で國重は発案者にもかかわらず、どこか冷めた目でこの騒ぎを見ていた。

「なぜって、俺は絶対に異動がないってわかってたから。だから、行内の大騒動を淡々と見ていたかな」

この日、國重はいつになく元気で、饒舌だった。会った場所は、國重の思い出のホテルらしかったが、華やいだ場所柄も國重の気分を浮き立たせたのかもしれない。

生活費

國重から話を聞いている最中、ある女性経営者が國重を訪ねてきた。後で聞いた話によれば、その女性経営者は一人身となり体の変調を抱えて税務申告などをしていない國重を慮《おもんぱか》って、知り合いの税理士を紹介していたという。その打ち合わせだったようだ。

その女性経営者がテキパキと話す内容に、國重はただ頷いているばかりだった。果たして内容を理解しているのかどうかも怪しい雰囲気だった。面倒くさいからただ頷いていたのかもしれない。これも後にわかるのだが、その女性経営者はただの善意から國重に月々20万円ものお金を生活費として手渡していたそうだ。

國重の生活を、金銭的な面で心配していた人たちは少なくなかった。この女性経営者もその1人だった。

筆者は國重とは近い関係にある人物から、國重が楽天創業者である三木谷個人からも金銭的援助を受けていることを聞かされた。けれども、

「三木谷は冷たい」

楽天を辞めたあと、國重は、何度となくこんな話を筆者にしていた。

愛人とのハレンチな写真を週刊誌に暴露された直後のことだ。國重は社長室に三木谷を訪ねて、騒動の詫びを入れた。仕方ない、といった風情の三木谷だったが、これまで三木谷のところに國重の女性問題を告発するような情報がもたらされたのは1回や2回ではなかった。

楽天の役員の中にはそうした女性問題を理由に國重を役員から降格すべきだとする声、依願退職させるべきといった強硬な意見も出ていた。そうした声を聞く度に三木谷は、

「俺はさ、猛獣使いだからさ、俺だから國重さんを使えるんだよ。彼には彼にしかできない領域があるんだよ、まだ」

と話しては、笑っていたりもしたという。

國重は三木谷に頭を下げ、言葉を待った。三木谷の口から出たのはこんな言葉だった。

「國重さん、どうされますか？」

國重には意外な言葉だった。

國重は、破廉恥罪は破廉恥罪で、三木谷からキツくお灸を据えられて、降格処分で終わるのではないかと内心思っていた。ところが、三木谷から出てきたのは、どうするか國重自身に決めさせるものだった。売り言葉に買い言葉ではないが、國重は咄嗟《とっさ》に、

「では、辞めさせて頂きます」

と答えてしまう。國重は引き止めて貰えると高を括っていたが、三木谷は引き止めはしなかった。

國重にはささくれのような遺恨が残った。三木谷は冷たい、と。

筆者も何度も聞いたものだった。

「國重さん、楽天のメモあるんでしょう？」

國重は時に「ないよ」と即答するかと思えば、ある時は「そうなんだけどね……」と思わせぶりな言い方もしていた。

國重と三木谷との間でどんな話があったのかは、わからない。ただ、國重は、「冷たい」と言っていた三木谷から何らかの援助を受けていたようだった。三木谷からの支援は、

國重が三木谷に無心するようなものだったらしい。果たしてそのお金がどういった種類のものだったかは、不明のままなのだが……。

進行性核上性麻痺

ホテル「リッツ・カールトン」の喫茶室での会合から数週間後、再び、赤坂の國重が住むワンルームマンションを訪ねた。

この数週間の間に國重には大きな変化が起きていた。

マンションの扉を開くと、ムッとするような臭いが流れてくる。玄関口はいつものように乱雑だった。スニーカー、革靴、草履がバラバラに広がり、ビールの空き缶も転がっていた。そして、目に飛び込んできたのは、紙おむつの袋だった。そうか、紙おむつを買ったんだ、と思うと何とも言えぬ気分となった。

靴を揃えながら、薄暗い部屋に入る。部屋の中は、前にも増して資料、郵便物、雑誌が散乱し、例によって枕の傍にはタクシーのレシートが何となく意図的に並べられていた。

「國重さん、紙おむつ買ったんだ?」

と声をかけながら、返事を待たずに敷きっぱなしの布団の横を抜けて黒色のカーテンで閉じられていた窓を開け、ベランダ側の窓を開けた。流れ込んできた空気が心地よかった。國重は今日も赤色のダウンを着ていた。下はジーパンだった。いつもといえばいつもの格好だった。

「國重さん元気だった？」

國重は布団の上で胡座《あぐら》をかこうとしては、上手くいかずに壁ぎわに置かれた小さなテーブル用の椅子に座った。

用意していたのか、

「これなんだよ」

と言ってテーブルの上に置いてあった1枚の紙を手渡してくれた。

その紙には「臨床調査個人票」と記され、下の方には厳めしい語句が並んでいた。そこには次のように印刷されていた。

「国立研究開発法人　国立精神・神経医療研究センター病院」

そして、病名が書かれていた。

「進行性核上性麻痺」

感情があまり読み取れない國重の表情をチラッと見やりながら、手渡された紙に目を落とす。

「國重さん、この進行性……カクジョウセイ？　麻痺ってなんですか？」

椅子に座った國重は、

「病名なんだよ」

「聞いたこともないけど、どんな病気なんですか？」

國重はこの聞きなれない病名をこんな言葉で説明してみせた。

「ホーキング博士みたいなやつらしいんだよ」

スティーヴン・ホーキング博士。２０１８年に亡くなったが、日本でも著名な理論物理学者である。車椅子に乗り、コンピュータプログラムにより合成音声で話す姿は世界的に有名だった。このホーキング博士の命を奪ったのが筋萎縮性側索硬化症《きんいしゅくせいそくさくこうかしょう》、ＡＬＳと通称される難病である。重篤な筋肉の萎縮と低下をもたらす神経性疾患で、未だ有効な治療方法は発見されていない。

國重からその病名を聞き、手元の携帯電話で検索してみると、進行性核上性麻痺は次のような解説がなされていた。

『脳の中の大脳基底核、脳幹、小脳といった部位の神経細胞が減少し、転びやすくなったり、下方を見ることがしにくい、しゃべりにくい、飲み込みにくいといった症状がみられる疾患です』（「難病情報センター」ＨＰより）

10万人あたり10人から20人がかかるとされる指定難病である。指定難病ということは、その治療法が確立されていないことを意味する。

「國重さん、大変じゃないですか？」

こう声をかけると國重は、微かに笑っては、

「しょうがないよなー、こういう風になるんだから」

六本木の交差点での転倒から、筆者は國重がその折に頭を強打し、脳に重篤な損傷を受けたのではないかと推察していた。それがゆえに、國重には何度となく脳外科に行こうと話していた。しかし、國重はなぜか脳外科での診察を露骨にいやがる様子だった。聞けば、悪い検査結果が出ることを子供のように恐れていた。

國重がそういう風だっただけに、病院に行ったということが意外でもあった。

椅子に腰掛け、静かに黙る國重。その姿を見ていたら、思わず、

「國重さん、本当に大変だね」

という言葉が口をついた。

「うん？」

國重は、「何？」といった様子で筆者に目をやったが言葉を発することはなく、ニタリと薄く笑うだけだった。

怪物

國重の携帯が鳴る。

「もし、もし……」

たどたどしい響きが残る。

しばらく相手の話を聞いていた。

「元気ないよ」

こう話すと言葉を継いだ。

「俺さ、難病なんだよ……えっ難病だよ……」

「しんこうせい……かくじょう……」

相手がうまく聞き取れなかったのか、聞き返された國重は、幾分声を高めて言うのだった。

「だからさ、ホーキング博士みたいな病気なんだよ……そう……ホーキング博士みたいなやつ……そう、まだ（車椅子に）乗ってはないよ、けど同じような病気……」

と、國重の身体がゆっくりと揺らぐ。國重は携帯を耳にあてたまま、椅子から布団の上に倒れ込む。身体を支える間もなかった。

慌てて、

「國重さん」

と声をかけるも、当の國重はさして驚いた様子もない。もう一度、

「國重さん」

と呼びかけて手を貸して、まずは身体を起こすと、彼は何ごともなかったかのように椅子に座り、また携帯で話し始める。

「え、え、……大丈夫、大丈夫……難病でも話はできるから……大丈夫……」

大丈夫という言葉を連呼していた。こちらではわからないが、自力で身体を支え切れずに倒れてしまうようなことに、もう馴れている様子だった。

「クワバラさん？　全然、会ってないけども、元気じゃないのかな？　この前に会った時は随分と痩せていたけども……」

國重はその姿勢がつらいのか、自ら椅子を下り、布団に胡座をかくように座った。

「お互いに歳だし……」

「そうなんだよ。……僕はまだ母親が生きているんだよね……」

「どうしようもないよー」

國重はやはり胡座をかくのもつらいのだろう、ゴロンと横になってしまった。

電話の終わった國重を抱き起こす。

「誰からだったんですか？」

「松下だよ。児玉さんも知っているでしょ？」

「あの住友（銀行）の松下ですか？」

「そう。松下、松っちゃんだよ」

元住友銀行専務、松下武義。國重を語る時に欠かせぬ人物である。松下は國重のかつての上司であり、政界、金融界、財界、そして検察などの裏工作を一手に引き受けていた人物。ある意味、時代が生んだ怪物でもあった。

國重自身、自著『住友銀行秘史』で松下のことを次のように記している。

『当時、私を重用してくれていた上司の一人、松下武義氏が秘書室長にいた。松下室長にはよく言われていたものだ。昭和10年代の安藤太郎、20年代の樋口廣太郎、30年代の松下武義、そして40年代はお前だと。これらは、住友銀行の「政治部長」の系譜だ。10年に一人の逸材だというわけだ』

國重が深く関わることとなる平和相互銀行事件、イトマン事件で常にその中心にいて、大蔵省、日銀、そして検察庁などの対応、指示はすべて松下を通して行われていた。住友銀行内部の権力闘争をそのまま体現していたのが松下であったが、少なくとも平和相互銀行事件、イトマン事件の半ばまでは会長、磯田一郎と並ぶほどの権力者であった。

ヘイソウのメモ

実を言えば筆者も、松下が徳間書店の社長となった翌年の2002年の春先から初夏にかけて何度となく当時、徳間書店の本社があった港区芝大門に松下を訪ねていた。イトマン事件の真相を話してもらうためだ。

松下は和やかだった。けれども、〝食えない〟男だった。今から考えると不思議なのだが、訪ねる度に、いつも和やかに迎え入れてくれた。そして、こちらがもう帰りますと言うまで、何時間でも付き合ってくれた。当時の徳間書店はその年の5月に本社を移転、また前年公開の映画『千と千尋の神隠し』が空前のヒットを記録し、映画興行収入で日本新記録を樹立するなど忙しかったはずだ。門外漢とはいえ、社長になったばかりの松下が暇だったとは思えない。けれども、訪ねる度に松下は嫌な顔をせずに会ってくれた。

しかし、肝心の話は核心部にいくことなく、はぐらかされ続けた。こちらも、意地になって、話が途切れそうになるとくだらない話題から、牽強付会《けんきょうふかい》な話を持ち出しては、なんとか話を続けようとした。5、6時間は話したはずだが、たいした成果はなかった。ただ、松下というかつての住友銀行の最高権力者と話しただけ、というのが感想だった。

当時の筆者の取材メモをひっくり返してもたいしたことは書き留めていない。表紙になぜか「磯田一郎」と記された大学ノートにはこんなことが書かれていた。

『磯田はカラオケなどがない時代、生バンドで霧島昇の「誰か故郷を想わざる」を時に涙を流しながら歌っていた』

『磯田には常々、河村（良彦。イトマン社長）、西《にし》（貞三郎《ていさぶろう》。住友銀行副頭取）らには気をつけろと言っていたんだが……。磯田はバカじゃなかったから、部下達が媚《こび》を売り、寵《ちょう》を競っていることを百も承知していた。もしかしたら、それをすべて御せると思っていたのかもしれない。もしかしたら、悪魔のように部下達が寵を競うことを楽しんでいたのかもしれない』

『磯田は人一倍に老いる事を恐れていた。だから、権力からは離れることができなかった。常々、俺には「引き際が来たら言ってくれ」と言っていたのだが』

『結局は、河村、西に松下（本人）が負けたということだ。俺は特に河村は危ないと思っていた。一度、イトマンがやっている〝魚転がし〟（架空の相場や損益を作り出す不正な取引）を警察OBに洗わせた。そうしたらそのOBが「これ以上は洗えない。危ない」と言い始めた。よく聞いたらば、全ての不正が河村に直結すると言われた』

『磯田は河村と西は自分の掌の上で踊らせているんだ、と言っては掌を上にして左右に振って見せていた』

國重から聞く松下のエピソードは秀逸だった。そうした話を聞く度にかつての國重の仕事ぶりが思いやられた。もちろん、そう思う度に今の國重の零落というか、どうにもならない境遇を思わないわけにはいかなかった。

「やっぱ愉しそうだね、國重さん。当時の話をする時は」

國重は顔をクシャクシャにして笑った。

「そうねー。面白かったねー、毎日。何が起きるかわからなかったからね、毎日ね……」

筆者が松下のところに通ったけれども歯牙《しが》にもかけられなかったと話したら、國重は声を上げて笑った。これほど愉しげに笑う國重を見るのも久しぶりだった。

「そうね、松っちゃんは、喋らないだろうね」

「今度さ、児玉っていうのが、会いたがっているから会ってやってよって電話してくれないかな？」

こう國重に頼むと國重は快く、

「わかった。電話で聞くよ」

と言って、ヨロヨロと起き上がった。

どうするのかな、と見ていると國重はヨタヨタと歩いては、資料などをぐちゃぐちゃに入れている紙袋をごそごそ手探りしているようだった。そうしてその1つから、輪ゴムで巻いたノートのようなものを取り出した。そして、それを持ってまたヨタヨタと歩いては、布団に座り、それをこちらに差し出してこう言ったのだった。

「これあげるよ」

一体何なのかと訝《いぶか》りながらも、その輪ゴムで留めた数冊の茶色の手帳を手にした。何の変哲もない小振りな手帳だった。

「なんですか、これ」

「それね、ヘイソウのメモなんだよ」

〝ヘイソウ〟と聞き、一瞬、驚き、黙り、そして聞き返した。

「ヘイソウって、平和相互（銀行）ですか？」

國重はこともなげに、

「そう。ヘイソウだよ」

平和相互銀行事件は、筆者の年代で取材をしていた者にとっては、避けては通れない事件だった。バブル経済の幕開けを告げるような事件が、平和相互銀行事件だった。それこそ、当時、政界にカネが流れたとされた金屏風事件、また合併に反対していた勢力が東京地検特捜部によって、計ったようなタイミングで逮捕されるなど不可解な部分が今も解明されずに残っていた。

それだけに、〝ヘイソウのメモ〟と聞かされ、興奮した。あの國重のメモなのだ。あのイトマン事件の内実を赤裸々に綴った『住友銀行秘史』を書かせた國重のメモなのだ。

第3章 平和相互銀行事件のメモ

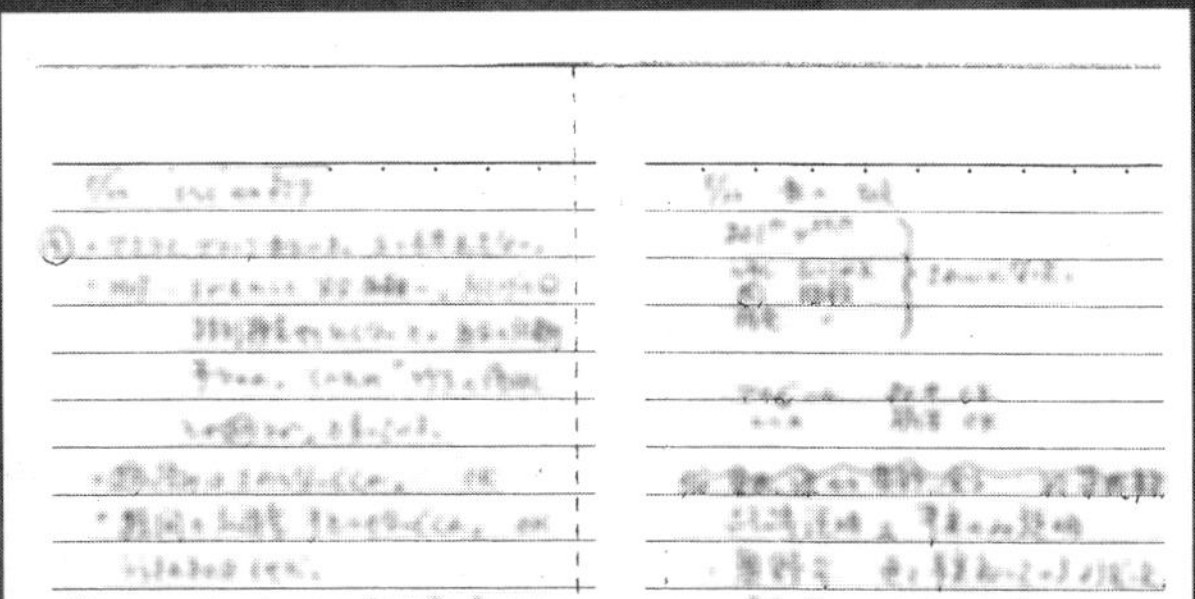

國重が記録していた平和相互銀行に関するメモ

手痛い失敗

「〝ヘイソウ〟がイトマン事件を引き寄せたんだよ」

イトマン事件の直前に起きた平和相互銀行事件を國重は常にこう評していた。

平和相互銀行――。

住友銀行により合併されて金融界からその名が消えたのは34年前だった。その名は跡形もなく消えはしたが、合併を巡って住友銀行、大蔵省、日銀、そして政治家らが暗躍した疑惑は、手つかずのまま残された。

この大型経済疑獄事件は、さながらバブル経済の到来を告げるかのように煌《きら》びやかだった。

登場人物だけを見ても、〝住友銀行の天皇〟と呼ばれていた会長、磯田一郎、イトマン（伊藤萬）社長、河村良彦、後に総理となる竹下登、その秘書、青木伊平。暴力団とも関係の深かった謎のフィクサー、佐藤茂、金屏風を40億円で売りつけた怪しげな画商、真部俊生……、謀略に満ちたこの事件の全容は未だ明らかにされていない。

この政・官・財の癒着の構図をまさにその渦中で目を凝らして見続けていたのが当時、企画部次長の國重だった。

首都圏に店舗網を持つ地方銀行を合併したいというのは、住友銀行、そして同銀行の天皇とも呼ばれていた会長、磯田の悲願だった。

磯田をして、平和相互銀行合併へ猛進させたのには、手痛い失敗があったからだった。それは、大蔵省銀行局長、徳田博美から持ち込まれた関西相互銀行（現、関西アーバン銀行）との合併話だった。

昭和53年（1978年）、磯田が頭取となって2年目の時だった。

関西相互銀行の当時の社長は元住友銀行常務の河田龍介。河田は住友銀行の意向を内々に社長室長、羽倉義尚に打ち明け、社内の根回しを要請する。

「大恩ある社長のためならば何でもさせて頂く」

羽倉のこの言葉を受け、河田は社内の根回しが始まることを古巣に伝える。河田の報告を受け、住友銀行に花村邦昭をトップとした特命チームが出来上がり、その1人として國重は関西に派遣され、関西相互銀行幹部の懐柔《かいじゅう》を図る。國重らの働きで幹部らの懐柔がほぼ終わったと安堵したのもつかの間、大規模な反対運動が起きる。その動きはマスコミでも大々的に報じられる。それを見て、シナリオを書いた張本人、大蔵省の徳田は、磯田に撤退を指示する。当時、首相の座には徳田とごく近い福田赳夫が座っていた。社会党や民社党が国会に反対運動を持ち込むことを恐れた結果の徳田の判断だった。

特命チームは大阪全日空ホテル・シェラトン（現、ANAクラウンプラザホテル）のスイートルームに集められた。磯田はそこで関西相互銀行との合併断念を表明する。

「残念ながら、本当に残念ながら（合併を）断念することにした」

磯田の顔は紅潮し、握りしめた拳が震えていた。國重は、あと2週間もあれば、形勢を逆転できると思っていた。静まり返ったスイートルームに声が響く。

「納得できません」

発言したのは國重だった。磯田は声の主を見つけると険しい視線を送った。他のメンバーも一斉に國重に目を向けた。

と、一瞬の間を置いて磯田が、フッとため息でもつくかのように言葉を吐いた。

「俺だって納得できないんだから、お前も納得してくれよ」

この屈辱から8年。頭取から会長となっていた磯田のもとに、再び合併話が持ち込まれたのだ。勇み立つのは当たり前だった。しかも、案件を持ち込んできたのが腹心中の腹心、河村なのだから、それは尚更だった。

小宮山一族

平和相互銀行は、究極には、創業家、小宮山一族のための銀行だった。

小宮山一族の中興の祖ともいうべき小宮山英蔵自身が〝クズ鉄屋〟を始めたのは昭和3年（1928年）、16歳の時である。商才に長《た》けていたのであろう、英蔵の〝クズ鉄〟の商いは拡大の一途を遂げ、台湾、大連、京城（現在のソウル）、上海に支店を持つまでになる。安い鉄を掻き集めては、日本の製鉄所に売り捌《さば》き、結果、英蔵は400万円、現在の価格にするとおよそ400億円という利益を手にする。

その莫大な資金を擁し、昭和24年（1949年）には、後の平和相互銀行の前身となる平和財蓄殖産無尽を設立する。英蔵はこの金融機関を中心として、一時はグループ企業152を数える小宮山財閥を一代で築きあげる。

その資金の影響力は政界、財界の中枢にも及んだ。英蔵が念願したレジャーランド運営会社「太平洋クラブ」が設立された時、内々の祝いが東京・赤坂の料亭で開かれた。集まった面々の顔ぶれは豪華そのものだった。元首相、岸信介、岸と関係が深かった経団連会長、植村甲午郎《うえむらこうごろう》、日本商工会議所会頭、永野重雄など財界の大物に混じって高松宮殿下といった皇族の顔も見ることができた。

英蔵には4人の弟（1人は夭折《ようせつ》）がおり、それぞれがグループ企業の代表を務めていた。その1人、小宮山重四郎《じゅうしろう》は、郵政大臣（現、総務大臣）を務めるなど田中派（現、竹下派）の中堅代議士となる。

英蔵は長男、英一と2人の娘（良子、和子）をもうける。娘2人はそれぞれ伴侶を迎え、彼らは長男とともにグループ企業幹部に収まる。中でも長女の夫、池田勉の経歴は目を引く。東大法学部を卒業後、警察庁に入庁したキャリア官僚の池田は、警視庁第七機動隊の隊長となる。前述のように、その隊長時代に指揮をとったのが、昭和44年（1969年）に起きた東大「安田講堂事件」だった。

全共闘が立て籠る安田講堂の封鎖解除を指揮したのが池田だった。池田は安田講堂から機動隊に投げつけられる火炎瓶や瓦礫から隊員を守るために、木材を用意し、安田講堂へつながる木材で組み立てられたトンネルを作り、講堂突入を容易にした。警察内部で伝説となった〝トロイのトンネル〟だった。その数年後、池田を長女にどうかと英蔵に紹介したのは、当時、警察庁長官だった後藤田正晴だった。後に中曾根内閣の官房長官となり、〝カミソリ後藤田〟と異名をとることとなる大物だった。

英蔵というカリスマのもと、近しい親族らがそろってグループ企業の幹部として経営にあたっていた。しかし、それも英蔵というカリスマがいればこその経営だった。

内紛劇

昭和54年（1979年）6月、カリスマが世を去る。そして、小宮山財閥の凋落《ちょうらく》が始まる。

凋落は内紛によって始まった。まず対立したのは、英蔵の長男、英一の一派と、英蔵の弟、精一と長女の娘婿、池田勉による一派との対立だった。

この時、英一側に立って英一を助けたのが後に「4人組」と呼ばれることになる、稲井田隆（社長）、瀧田文雄（常務）、鶴岡隆二（取締役）、伊坂重昭（監査役）という4人の平和相互銀行幹部だった。

この最初の内紛劇に勝利したのは英一派だった。しかし、第1幕の幕が下りたとたんに

第2幕の内紛劇が始まる。創業家の長男としてグループ企業152社をまとめる立場を得た英一であったが、経営の悪化はどうしようもないところまで来ていた。何せ、グループ企業152社の中で、その中核となる平和相互銀行から親族が経営をしている企業への、いわば情実融資の大半は不良債権となっていたのだ。その額はおよそ3000億円にも達しようとしていた。

こうした乱脈を極めた経営実態を踏まえて、経営の主導権を創業家である小宮山家から奪い取ろうとする「4人組」と創業家との争いが第2幕の内紛劇だった。

元弁護士にして監査役だった伊坂に主導された「4人組」は、英一に対して平和相互銀行から行われていた小宮山一族の企業グループへの融資に関して、返済を迫る。

慌てたのは英一だった。親族のグループ企業には返済の督促状が送られ、さらには差し押さえられる物件まで出始め、無防備だった英一らは狂騒状態となってしまう。

窮地に追い込まれた英一は、一族が保有していた平和相互銀行株2163万株（発行済株式総数の33・5％）を手放し、その調達した資金により窮地を脱しようとした。

融資先を求めて英一は旧知の日本船舶振興会の笹川良一、国際興業の小佐野賢治らのもとに足を運び窮状を訴えたが、およそ400億円という途方もない金額だったゆえにいい返事は貰えずじまいだった。

そして、最後に英一の前に登場したのがイトマンという会社だった。親族に近しい業者の紹介だった。藁《わら》にもすがる思いで英一は、同社社長、河村良彦に会う。

河村の判断は早かった。労せずして、平和相互銀行の株33・5％が転がり込む。〝住友銀行の天皇〟磯田の寵愛を受け、また関西相互銀行の挫折を知る河村は、まさに格好の機会が到来したと小躍りせんばかりだった。

4人組は英一を電撃的に解任し、銀行から追放した。しかし彼らは、その時、すでに英一がイトマンファイナンスから融資を受け、その担保として平和相互銀行株33・5％を他人の手に渡していたことをまったく知らなかった。

平和相互銀行にはキナ臭い、暴力団が関係しているような融資もあることを知っていた河村の判断で、その防波堤の意味も含めて、資金はイトマンファイナンスが出すが、株の保有は川崎定徳という会社にさせることとした。川崎定徳は旧川崎財閥の資産管理会社であり、社長は佐藤茂という白髪の紳士だった。同社は知る人ぞ知る特殊な会社だった。温厚な風貌とは裏腹に佐藤は政界、財界に顔が利くだけでなく、闇の世界にも顔が利いた。

ほどなく佐藤と顔を合わせた國重は、佐藤の左手の小指の先端がないことに気づくこととなる。

英一が平和相互銀行株を担保として融資を受けるおよそ半年前、日本銀行（日銀）は並々ならぬ決心で、平和相互銀行への日銀考査に臨んでいた。日米円ドル委員会をきっかけとして、金融自由化は日本側の予想を遥かに超えるスピードで、日本の金融界にやってこようとしていた。金融当局も焦っていた。なぜなら、これまでのような護送船団方式が通用しなくなり、業績の悪い銀行は潰れる。それが現実になろうとしていたからだ。

日銀が最も懸念していた銀行が平和相互銀行だった。金融機関とは名ばかりでその実態は小宮山一族のための銀行だった。度重なる内紛劇。暴力団との黒い関係、日銀は平和相互銀行を〝腐った〟金融機関と見ていた。しかし、その一方、首都圏に１００以上の店舗を持ち、２００万以上の口座を持つ金融機関が倒れれば、信用不安が生まれるのは、明らかだった。また、創業者が元首相、岸信介と近く、その流れから同じく元首相、福田赳夫とは昵懇であり、親族には小宮山重四郎という田中派の中堅幹部もいた。

昭和59年（１９８４年）、10月から11月にかけて、日銀は前例のないほどの厳しい考査を行っている。そして、その結果を踏まえ、暮れに１つの判断を下していた。平和相互銀行の自主再建は無理、再建には合併以外ない、と。日銀のキーマンは副総裁の三重野《みえの》康《やすし》

（後に総裁）。任に当たったのは、営業・考査担当理事の玉置孝だった。
玉置が合併相手として脳裏に浮かべていたのは3行。住友銀行、三和銀行、東海銀行だった。こうした状況の中、日銀の思惑をそれとなく察し、水面下で日銀の、そして平和相互銀行の動向に注意を払っていた住友銀行が動いた。

『あれは1985年の春だった。当時の上司、花村邦昭企画本部長から呼ばれた。「平和相互銀行の株式の3分の1がイトマンの手に入った。イトマンの河村良彦社長からうちの磯田会長に連絡があった。これから株券のコピーをとりたいんだけど、イトマンに行って、手伝ってくれないか」』（『住友銀行秘史』）

そして國重が取締役の松下武義の指示のもと、平和相互銀行合併に向けて、二人三脚のようにして動き始める。それは、磯田一郎という希代の銀行家の執念であったが、その一方では住友銀行の壮大な実験でもあった。政界、検察は主に松下が担当し、大蔵省、日銀など金融当局を國重が担当した。2人は日常茶飯的に情報を交換し、共有した。それは、深夜に松下が銀行の名前で借りていたホテルの一室に集まる時もあれば、早朝、國重が松下の部屋に赴き、松下が得た情報を手帳に書き写すこともあった。ＭＯＦ担で築き上げた國重の人脈はここで大きく住友銀行に再び貢献することとなる。

「一切オフレコ。他言無用」

著者の手元にある住友銀行企画部次長、國重惇史39歳の手帳の記録は昭和60年（１９８５年）５月22日から始まる（以下、メモに筆者が適宜補い、一部修正もしている）。

5月22日　松下武義（住友銀行取締役）、**青木伊平**（竹下登秘書）**会談**

松下が東京・永田町のＴＢＲビルの一室にあった蔵相、竹下登の個人事務所に秘書、青木伊平を訪ねる。

青木「大蔵省は住友銀行が平和相互銀行を買収するとの噂が出た事を半分有難く思っている」

青木「しかし、特別検査はやりたがっていない。自分の在任中に責任を取りたがらない。事なかれ主義だ」

「だから、わざわざ竹下（登）の名前を出したりして竹下が傷つくとか言ってる……けしからん話だ」

松下「放っていたら1年で不良債権は数百億増加する」

「第一勧業銀行は内々の平和相互銀行救済の話を断ったようだ」

「今回が最後のチャンスだ。大蔵省が協力してくれねば撤退もありうる」

「大蔵省がシナリオを書いて、うまく住友銀行の名前を出すようにしてくれ。早い方がいい。遅くなるようなら、こちらから願い下げだ」

青木「タイミングの大切さ、よくわかる」

関西相互銀行の合併問題で一敗地に塗《まみ》れた大蔵官僚の後遺症は深く、合併問題はタブーとされていた。それを熟知する住友銀行は、だからこそまず政治から根回しを始めるのだった。

松下は、平和相互銀行の株式33・5％をイトマンが手に入れた直後には、大蔵大臣、竹下登の耳にその情報を入れていた。その時点で、住友銀行の合併の意思表示はすでに終わっていた。竹下もすべてを了解した上で動いていく。

5月27日　吉田正輝《よしだまさてる》（大蔵省銀行局長）、國重会談

吉田「焦ってはよくない。焦っては磯田（一郎。住友銀行会長）さんに傷がつく」
「（平和相互銀行のことを）色々調べたが個人的な不正の影を見つけることは難しい。少なくとも関わるものではない」
國重「〝ヘイソウ〟の伊坂（重昭。同銀行監査役。「4人組」の中心人物）と会ったことはあるのか」
吉田「会ったことはない。話は中小金融課長から聞いている」
「（竹下）大臣に（不良債権が）2000億円なら良いが、3000億円ならばダメと言ったのは誰か？　非常に困る。けしからん」
「力の論理だけで押し切ろうとすると失敗する」
國重「わかっている」
吉田「（不良債権が）2000億円ならば安い買物だ。他行が名指しで住友の名前を言って来ている」

5月28日　土金琢治《つちかねたくじ》（日銀考査局長）、松下会談

土金「一切オフレコ。他言無用で頼む」

「昨年の考査、決死の覚悟でやった。担当も全部を洗い尽くした。今迄は政治力で手を入れられなかったが、今回はなかった」

「甘い汁を吸えるだけ吸って逃げた。不良貸金（回収不能）、平和相互銀行が倒産した場合……4000億」

松下「そうなってもらっては困る」

土金「生きるという前提……1500億～2000億、1500億以内はないと思う」

松下「（小宮山）一族悪い。4人組も悪いが」

土金「一族ははるかに悪い。一生懸命だが、だいぶ立て直している」

「住友（銀行）やるべき。住友しかない。日銀と大蔵、協力する」

松下「日銀、大蔵の全面的なバックアップが必要だ」

土金「日銀は全面協力する。大蔵は悩んでいる。責任問題を考えている」

金融当局と住友銀行との謀議が水面下で、しかも着実に進んでいる中、創業家である小宮山一族をその経営から放逐し、同銀行の実権を握った「4人組」もまたその思惑を抱えながら動いていた。彼らとて、自主再建の道など可能ではないとし、大手都市銀行による合併を打診して歩き回っていた。

伊坂らが念頭に置いていた大手銀行は、三和銀行、日本興業銀行だった。三和銀行には古くからの付き合いのあった国際興業社主、小佐野賢治やフィクサーとしても知られていた廣済堂社長、桜井義晃らを通じて合併の意向を打診していた。また、日本興業銀行には、当時、同行の会長だった池浦喜三郎と接触を繰り返していた。伊坂は創業家の小宮山英蔵が池浦と昵懇だったことから、池浦とは旧知の間柄だった。

けれども、伊坂を中心とした「4人組」の動きはすべて住友銀行側には筒抜けとなっていた。金融当局のみならず、後述するが捜査機関への住友銀行のパイプの太さは他を圧するものがあった。

フィクサー佐藤茂

5月28日　河合弘之（イトマン顧問弁護士）、國重会談

河合「ヘイソウ（平和相互銀行）が出している会社更生法（平和相互銀行のグループ企業である「総武通商」に関するもの）は今週末には裁判所の判断が出るだろう」

國重「裁判所は更生法を却下する見通し」

河合「ならば、自己破産しかなかろう」

國重「実は池浦（喜三郎。日本興業銀行会長）との間で密約がある。池浦は株を持ってこいと言っている」

「池浦、音頭をとってＤＫＢ（第一勧業銀行）、長銀（日本長期信用銀行）ＩＢＪ（日本政策投資銀行）、野村（証券）に安定株主になってもらう」

河合「池浦とは直接会ったのか？」

國重「池浦とは会った。池浦は川崎（定徳）とも縁がある。池浦の六本木の自宅の敷地は川崎定徳の持ち物だ」

國重ら住友銀行の大きな戦略の1つが、平和相互銀行の資産を減らし、窮地に追い込むことだった。河合弁護士は、その有力なパートナーだった。

「総武通商」を皮切りに、彼らの最大の狙いは、1000億円以上の融資をしている「太平洋クラブ」だった。住友銀行は平和相互銀行の大株主、佐藤茂を使って同社の会社更生法の申請を急いでいた。

ここで「平和相互銀行事件」のキーパーソンの1人、ある意味主役とも思える人物がメモに登場する。「川崎定徳」の名前で登場する佐藤茂だ。國重は『住友銀行秘史』の中で、佐藤について次のように記している。

『佐藤氏は旧川崎財閥の資産管理会社・川崎定徳の社長を長く務め、政界、財界、そして闇の世界に豊富な人脈を持つ「フィクサー」として高名だった。

もちろん佐藤氏に対しては、行内でも本当に信用に足る人物なのか、途中で気が変わって株を他行などに売ってしまうことはないのかとの不安があった。株価によっては彼は大儲けすることだってできたからだが、結論から言えば、佐藤氏は住友銀行を裏切ることはなかった。佐藤氏はのちのイトマン事件でも大いに暗躍してくれることになる』

國重の文章に佐藤に対する好意がそこはかとなく感じられるように、筆者に対して佐藤を語る時の國重の口調は非常に好意に溢れていた。佐藤との初対面の時に、思わず佐藤の左手の小指がないのを目にしてしまった時のことを、國重は笑みを湛えながら、「小指がなくてね。見ちゃったからさ、目のやり場に困っていたら、それに佐藤茂が気づいてね。『國重さん、怖がんないでくださいよ』なんて言われてさ。でも本当に彼は最後まで紳士だったよ」と語っていた。

核心部分

6月1日　吉田正輝（大蔵省銀行局長）、**國重会談**

吉田「平和相互銀行の穴は500億円から1000億円。利息貸出はおよそ50億円」
「今は住友の名前は出さない方がいい。従業員の反発を買う。他行の反発を買う」
「基本的には〝待ち〟が良い。秋の大蔵検査（銀行に対する大蔵省の検査）では色々やる気もある」

國重「待てば待つほど、傷口は大きくなるばかりだ。彼らに経営をするのは難しい。告発止められないかも」

吉田「大蔵にデータを出してくれれば、ヒアリングする手もある」

國重「彼らは大蔵省を信用していない。それで刑事責任を追及したがっている。大蔵省には行くまい」

吉田「告発の場合は、大蔵も対応を考えねばならぬ（預金者保護の観点から）。又、大蔵省も調査をし、こちらからの告発も考えねばならなくなる」

國重「住友に持って来るシナリオ考えられるか」

吉田「下手をすると大蔵も住友も泥にまみれるかもしれない」

國重「大蔵省と大株主が相談して住友を出すという手はどうか」

吉田「やや不自然。ただ大株主、国と協議という手はある」

國重「今迄、大蔵は何をしていたのかという責任問題はどうか」

吉田「大蔵検査の限界だ。仕方がない」

國重「4人組は到底自分達だけでは無理と知っているはずなのに、強気にやっているのは、バックに誰かいるのか？」

吉田「それはないよ」

言葉はやんわりだが、國重は大蔵当局を脅している。

大株主の佐藤茂に平和相互銀行の現経営陣の犯罪行為を刑事告発させる。それは平和相互銀行だけではなく、犯罪行為を野放しにした大蔵当局への刑事告発と同じような意味を持っていた。

「この頃は、吉田も半信半疑だった。まさか住友が大蔵省に弓を引くわけはないと思う一方で、(刑事告発を)やられたら堪らんって……」

國重はこう言っては、クスッと笑った。

「面白いゲームだったね」

6月2日　佐藤茂(川崎定徳社長)、**桑原芳樹**(住宅信販社長。佐藤の側近)、**長野厖士**《ながのあつし》(竹下蔵相秘書官。元大蔵官僚)、**中源三**(元大蔵検査官。平和相互銀行検査部長)、**小松昭一**(小宮山家の執事)、**國重**

佐藤「明日、伊坂重昭(4人組の筆頭。監査役)に会う。告発をやめてくれと言って来るのだろう。どう対応したらよいか」

「昨日、八重洲画廊の真部(俊生)から連絡があった」

「真部が言うには『伊坂が来た。2日前には鶴岡(4人組の1人。取締役)が来た。

2人とも平和相互銀行の株を売ってくれるよう、佐藤に話して欲しい』と。『自分は出来ない』と言ったら伊坂はお礼に絵を買うと言い出した。20億円でも買うのかと聞いたら、考えた末に、では50億円貸しましょうと言い出した。自分はいらないと回答した」

住友銀行はこの時、すでに平和相互銀行の33・5％を握る大株主、佐藤茂はもちろん、大蔵省から平和相互銀行に天下っている検査部長の中、小宮山家の執事である小松、そして大蔵省から竹下蔵相の秘書となっている長野ら、関係者の中枢を握っている。銀行局長、吉田とは表向きの交渉をする一方で、水面下ではすでに核心部分に手を突っ込んでいた。こうした芸当を39歳の若き國重がやっていたことは、やはり驚きに値する。

大蔵省の威信

6月3日　青木伊平、松下会談

青木「財界の怪しげなところが、平和相互銀行のバックは住友だと盛んに流している。

確信しているようだ」
松下「知らん顔していてくれ」
青木「大蔵から中平（幸典《こうすけ》。大蔵省中小金融課長）を呼んで準備させる」
松下「よろしく頼む」

同日　土金琢治（日銀考査局長）、松下会談
土金「日銀の台本。日銀主導で富士銀行か住友銀行に頼もうと思っている。預金保険の改正で２０００億円程度の償却を考えている。それを考えて考査（昨年）もやった」

「住友が出て来てくれて、ホッとしている。絶対に買物。担保不足１４００億円」

「吉田（正輝。大蔵省銀行局長）とは以前から協議している」

「平和相互銀行の魅力大変なものだ。やらねばバカだ」

「大蔵省は人材がいない。スタッフがいない。内心は喜んでいるのに、責任を取ろうとしない」

「日銀を巻き込め。キーマンは三重野（康。日銀副総裁）さんだ。澄田（智。同総

裁）さんは、小宮山一族と関係あったかも」
「告発されて、信用不安になったら住友にはもうけものかも。大蔵が住友の名前出さねば日銀がやる。体力のあるところに頼んだというだけでOKだ」

〝日銀を巻き込め〟〝キーマンは三重野だ〟。日銀幹部からこうした言葉が聞かれたように、平和相互銀行合併事件での日銀の前のめりぶりには、驚かされる。金融政策で主導権を握ったことのない日銀は、副総裁、三重野康の命令の下、独自の動きを鮮明にする。三重野の悲願は、〝大蔵省からの独立〟だった。

6月7日　山口光秀（大蔵省事務次官）、松下会談

松下「今日は大蔵省の真意探りに来た」
山口「担当は色々なケースを予想して真剣に検討している。これといった台本は全くない。色々なケースを想定はしている」
松下「2000億円の穴。200億円の赤字知っているの？」
山口「驚かないよ。やり方でどうにかなる」

松下「金繰りに付いても損益はムリだよ」
山口「民間のシローン（複数の金融機関によるシンジケートローン）は考えられる。しかし、住友にという台本は今は無い。信用不安は絶対にない。その時は成行きと環境で対応を考えている。住友にとって現在、前進の道はない。後退しかない」
松下「それは株も放出しろということか」
山口「それは困る。住友も困るだろう。最悪のケースは大蔵省管理のシローン。住友が入る可能性もゼロではない」
「東京の各行の反発、もの凄く強い。また、かつて関西相互銀行の従業員の反対の印象強い。社員の反対の動きもあるのではないか」

大蔵省の最高権力者、事務次官の山口の姿勢は慎重を極めた。

山口の本音が図らずも漏れたのは、最後の件、〝関西相互銀行の従業員の反対の印象強い〟の部分である。大蔵省の威信を背負う山口から見ると、住友銀行に対する批判、反発はかつて、住友銀行が合併を画策し、失敗に終わった関西相互銀行を思い出させていた。

この合併劇で、國重が関西相互銀行幹部の説得役として長期に関西滞在をしたことは先に触れた通り。この合併劇は土壇場で、関西相互銀行の行員らが開いた合併反対集会が大々的に報じられるに至り、断念せざるを得なくなるのだった。合併反対集会の会場となった大阪・池田市の市民会館は立錐の余地がないほどに関西相互銀行行員らで埋まっていた。そして、会場には住友銀行頭取、関西相互銀行社長、大蔵省銀行局長について、次のように書かれた大きな垂れ幕が下げられていた。

「磯田一郎＝急いだ一郎」

「河田龍介＝変わった（変節）龍介」

「徳田博美＝損した博美」

この垂れ幕がテレビニュースでも何度も流されるほど、合併問題は住友銀行と関西相互銀行の問題から、国会でも取り上げられる政治的な問題へと発展してしまった。時の首相は福田赳夫。福田と近く、この合併劇を住友銀行に持ち込んだのは大蔵省銀行局長、徳田博美だった。事を政治問題化させてしまった大蔵省は責任を問われ、その威信は大きく傷つくこととなる。

山口は住友銀行と平和相互銀行との合併劇が不調に終わり、再び大蔵省が叱責を受けることを極端に恐れていた。政治問題化は官僚が最も恐れることだった。しかし、その一方でこのままでは平和相互銀行が、経営破綻することも明らか。当然、金融行政の最高責任者として大蔵省が批判の矢面に立たされることも必至。山口は、政治的な主導があれば、それに乗りたいというのが本音だった。

竹下からの電話

6月8日　青木伊平から松下に電話

青木「大臣（竹下登）、次官（山口光秀）と局長（吉田正輝）のニュアンス違う。大臣は『やらねばならぬ。それが自由化だ』と考えている。まだ台本が書けない。6月10日に次官と話をしてみるが、それ迄待ってくれ」

松下「それは、やめろということだ。迷惑だと言うことではないか。磯田（一郎。住友銀行会長）は自分の責任でやめたと言っている」

青木「それは、1日〜2日待てぬということか。わかった（ムッとして）」

この時点では前向きな住友銀行は、慎重な大蔵省の態度に業を煮やす〝ふり〟をする。

それが松下の〝磯田は自分の責任でやめた〟という発言につながる。日銀は非常に前向き、大蔵大臣、竹下も前向きの姿勢であることがわかる。松下の〝やめる〟発言の真意は、もっと政治主導でやってくれという無言の圧力。この青木と松下との険悪な雰囲気となった電話会議を受けて竹下が磯田に電話をする。竹下は何としても住友銀行に平和相互銀行を合併させようとしていた。

同日　竹下登から磯田一郎へ電話
竹下「そう早く静観と決めつけることもない」
磯田「そういったって、無理なら無理はしたくない。株は保有する。妙なところに行くなら、うちが持つ」

6月9日　山口光秀（大蔵省事務次官）、磯田一郎ゴルフ。於千葉県内のゴルフ場
磯田「大臣から聞いたか。うちの松下と青木伊平と相当にやりあった。結論を言えば、大臣は好意的で、やめると言ったら1〜2日待て、と言った。が、これ以上やったら傷つく。強引にやめた。大臣－次官で台本ができるならば別だが、先日の松

下ー山口会談でダメと判断した」

山口「有り難う。何も出来ず申し訳ない。そうしてくれ。どうにも台本できない（ハレバレとしていた）」

この千葉県内のゴルフ場での磯田、山口会談は、これまでは住友銀行が大蔵省に平和相互銀行合併の仁義を切ったセレモニーだとされていた。しかし、今回、國重メモが明らかにしているように、表面上ははっきりとしない大蔵省に嫌気がさした住友銀行が三行半《みくだりはん》を下した場であった。それは、あくまで表面上のことなのだが。住友銀行、いや磯田の執念は大蔵省の次官の煮え切らぬ態度で撤退するそれではなかった。磯田は山口には〝手を引く〟と言いつつ、内実はやる気満々だった。

ゴルフから自宅に戻った磯田は松下に電話をしている。

同日　磯田から松下への電話

磯田「佐藤茂（川崎定徳社長）にも、局長（吉田正輝）にも断わりに行け。佐藤には感謝の念をいえ、将来ともによろしくと言ってくれ」

松下「今迄の話は表の台本。裏は？」
磯田「株は手放さない。佐藤とは住友は関係ないと言いまくる。これから先は『やる』」
「失敗したら袋叩きだ。全ての人を外す。危険すぎる。誰にも言うな。告発は間隔をあけてやる。（失敗したら）会社（住友銀行）を潰す。松下が佐藤と会って、いかに磯田が感謝しているかよく伝えろ。佐藤達が発想したように仕向ける。長期戦、急いだら失敗するかも」

磯田の合併に対する執念を感じる。磯田は表向き、大蔵省には〝舞台〟から降りたと思わせつつ、イトマンファイナンスが資金をつけて佐藤に持たせている平和相互銀行株33・5％は保持させ続け、本来は協力者であるはずの佐藤の裏さえもかこうとしている。

〝台本〟という言葉

6月10日　青木伊平、磯田一郎会談
青木「山口（光秀）事務次官は『台本が書けない』と言っている。上位銀行、相互銀行の役員等の説得、苦しい、と」

磯田「自分の考えとしては、①大蔵省の絶対の支持ないとやりにくい。②住友に対するやっかみ強いので大蔵は動きにくいだろう。③大株主の意向だけで住友という訳にはいきにくい。1000億~2000億円の低利融資だけで平和相互銀行が救えるとは思えないが、事態静観せざるを得まい。佐藤茂の動きは商売として、方針通り。資金支援は続ける」

青木「大蔵省、日銀、好意的だが、台本はない。株は現状のまま持ち続けて様子を見る。NHKには『色々噂はあるが、住友銀行には特別の動き、依頼ないと聞いている。それ以外、何もない』と否定する。日銀は放っておく。吉田正輝、佐藤茂には言う」

この頃、すでにメディアには、平和相互銀行の株式がまとまって住友銀行に渡っているとの情報が流れていた、その中でもNHKの社会部は、そこに事件の臭いを嗅ぎ付けていた。6月9日の磯田、山口のゴルフ会談の様子をカメラにも収めたとの話も流れていた。

磯田は大蔵省の動きを気にしながらも、住友銀行としてはこの合併劇の舞台からは絶対に降りないとの決意を見せる。青木は大蔵省、日銀ともに好意的だと判断しているが、やはり住友銀行の中でも金融当局の感触は、それぞれ対応する人間によって違っていたようだ。

〝台本〟。大蔵省幹部が盛んに口にするのがこの〝台本〟という言葉である。言い換えるならば、大蔵省が住友銀行に平和相互銀行を合併させるシナリオ、つまり大蔵省が大手を振って介入できる大義名分が欲しいと言っているのである。それがなければ、大蔵省は動けないと。

住友銀行首脳たちがイトマンの顧問弁護士たちと考えたのが、平和相互銀行の資産を不良債権化させることだった。それが公に報道されていけば、大蔵省が〝預金者保護〟〝信用不安回避〟を名目に検査に入れる。そこで、住友銀行側が、というか國重が目をつけたのが、平和相互銀行から融資を受けている小宮山一族の会社、「太平洋クラブ」だった。

國重は自著『住友銀行秘史』の中でこう記している。

『1985年7月、東京・西新橋にあった太平洋クラブの本社に株主による会社更生法の申し立てを行った。井上弁護士が創業家一族を説得したうえでのことである。

この結果、太平洋クラブの大口債権者である平和相銀が危ないという噂は一気に世間に広まり、急速な預金の引き揚げが始まった。太平洋クラブに退会を申し出る会員も相次ぐことになり、まさに私たちの狙いどおりになった。

当時は大蔵省も内紛がおさまらない平和相銀を住銀と合併させて安定させたいと思っていた』

7月30日、「太平洋クラブ」の会社更生法が申請される。「太平洋クラブ」の会社更生法の手続きにより、平和相互銀行が回収不能となったのは1000億円をゆうに超えた。

「どうしたら〝ヘイソウ〟を弱めることができるのか？　弁護士さんを含めてそれを考えるのは本当に愉しかったな。ゲームだよ、これは」

國重はよほど愉しかったのだろう。当時をこう振り返っていた。

7月以降の國重メモには、こうした住友銀行側が作り出した〝台本〟に沿って、大蔵省など金融当局が住友銀行への合併へと急旋回していく様がはっきりと見て取れる。そして、これからの〝台本〟には、もう1つの重要な演技者が登場する。住友銀行と深く結びついた検察だ。

6月12日　竹下から磯田一郎へ電話

竹下「最後は住友銀行しかない。昨年暮、ＩＢＪ（日本興業銀行）に打診したがＮＯだった」

磯田「ロス。大蔵省の予想より大きいと思う」

竹下「その通り。現経営陣では潰れる。ただ、今、住友が出たらまとまらない。次官、官房長、腹を括ったが、局長以下シナリオ書けない。『何もできず申し訳ない。私もソーリになったら借りは返す』」

驚くべき発言。竹下は電話口で『総理になったら借りは返す』と発言。平和相互銀行の処理を住友銀行に懇願する竹下は、次官、官房長は説得したが、銀行局長以下は消極的である点を磯田に詫び、その上で自分が〝ソーリ〟（総理大臣）になったらこの借りは返すと言っている。つまり、両者の関係は一蓮托生《いちれんたくしょう》なのである。

金蒔絵時代行列

6月14日　川崎定徳の佐藤茂から國重への電話

佐藤「イヘイ（青木伊平）からTELあった。住友は一応手を引くことになった。竹（竹下登）が『佐藤の株が減価して佐藤に迷惑がかかったら困る』と盛んに言っている。確かな筋から本件で3人の検事が動いていると」

6月17日　佐藤茂、青木伊平会談

青木「住友のトップが手を引くと発表した。小松（康）頭取は、合併には反対の立場だったが『最初は希望があったが今はなくなった。手を引いた』と記者発表をした。また青木（久夫。専務）が局長（吉田正輝。大蔵省銀行局長）を3～4日前に訪問して『どうしても平和相互銀行が欲しい』と申し出たことも田代（一正。平和相互銀行会長）から聞いて知っている」

「4～5日前、田代が池浦（喜三郎。日本興業銀行会長）と共に竹下を訪ねた。相当なことを決めたらしい。我々の希望は長3行（日本長期信用銀行、日本興業銀行、日本債権信用銀行）とDKB（第一勧業銀行）、三井と少し住友にも株を譲ることを大臣から言ってもらい、その上で自主再建することである」

佐藤「自分は大株主として告発を抑えてある。大臣命令で株を手放すと、告発は抑えられない」

青木「どのような内容か？」

佐藤「言えないし、よく知らない」

青木「（5分くらい考えて）金でなんとかならないか」

佐藤「全てを金で解決したら、世の中収まらないよ。株を手放すと自動的に告発だが、いいのか？　あなたは桜井（義晃。廣済堂社長）にも小佐野（賢治）との調整を頼んでいるが、どちらが本心か？」

青木「もちろん。大蔵にも色々聞かれている。委任状は？」

佐藤「総会前日迄ダメだ」

佐藤は、大蔵大臣、竹下登の名代であり、大蔵省の代理人である青木伊平を脅す。大株主として株を押さえている自分（佐藤）が株を第三者に売り渡すことは、佐藤が平和相互銀行を見捨てることを意味していた。ここでいう告発とは、佐藤らが平和相互銀行経営陣の乱脈経営を犯罪行為として刑事告発することを指す。大蔵省が最も危惧したのは、平和相互銀行経営陣が告発されれば、その乱脈経営を看過していた大蔵省の責任問題になり、経営不安も生まれてしまうということだった。

佐藤、青木伊平との会話で、青木が〝田代から聞いている〟とされた田代とは、この合併劇でも重要な役回りを演じることとなる田代一正のことだ。当時、田代は平和相互銀行の会長職にあった。

昭和18年（1943年）大蔵省入省の田代の同期は大物ぞろいだった。事務次官から国鉄総裁となった高木文雄。大蔵次官となった武藤敏郎の岳父、橋口《はしぐち》収《おさむ》は国土庁事務次官から広島銀行頭取になっていた。

その中で田代は銀行畑を歩く。銀行局総務課長、審議官などを経て、防衛庁事務次官、日銀理事などを歴任する。大蔵官僚の力が霞が関を圧していた時代だ。田代の背後には大蔵省の絶大な威光が控えていた。

平和相互銀行でも絶大な力を振るった田代、佐藤茂に譲渡されてしまった平和相互銀行株33・5%の買戻に苦慮していた伊坂ら「4人組」に、八重洲画廊社長、真部俊生を紹介したのは田代だった。真部は伊坂らに株式の買戻工作を持ちかける。八重洲画廊所有の屏風「金蒔絵《きんまきえ》時代行列」を購入してくれれば、佐藤茂に平和相互銀行株の買戻を確約するというものだった。胡散臭い話だった。ところが、この胡散臭い話を田代は執拗に経営陣に勧めるのだった。躊躇するのは当然だったが、その様子を見ると業を煮やしたように「こういう話はきれいごとではダメなんだ」「真部に会ってやってくれ」と「4人組」の背中を押し続けるのだった。

田代のこうした言動に謀略の臭いを嗅ぎ取るのは容易だ。この取引は後に国会でも取り上げられることになるのだ。この後に佐藤が八重洲画廊の真部俊生と交わした会話についてメモは次のように伝えている。

真部「平和相互銀行の栗林秘書課長が来て『絵を20億で買う。その代わり40億円の領収書をくれ。佐藤対策に使う』と言ったが、自分は平和相互銀行には義理無しとして断わった」

東京地検特捜部

6月18日　磯田、松下会談

松下「明日、佐藤茂（川崎定徳社長）に会う」

磯田「早くやれ。佐藤も心配しているだろう。次のように言え。磯田が大変感謝している。お礼をしたい。本来自分が会うべきだが、マスコミがうるさい。代弁に来た」

「なぜこうなったのか。大蔵省、金融界によかれと思ってやったが喜ばれない。お手並み拝見。株、放すつもりまったくない。今後どうするのか？　更生法、告発。お任せする」

6月19日　佐藤茂、桑原芳樹（住宅信販社長）、松下、國重会談

松下から磯田の真意を説明。引続き協力要請。明日、松下が吉田正輝（大蔵省銀行局長）に聞く。ＯＫならば告発団を代表して桑原が持って行く。早い方がいい。太（太平

洋クラブの意味）の更生法6月24日。早く無政府状態にする。その時、佐藤茂が出て、住友を指名するタイミングが来る。それを目指そう。

〝無政府状態〟にするは國重の発言。後にこう振り返っている。

「とにかく〝ヘイソウ〟を丸裸にしたかった」

6月27日　桑原から國重に電話

桑原「地検から総武通商の担保明細が欲しいと言って来た。昨日小松昭一（小宮山家の執事）が呼ばれて、2時間、事情聴取を受けた」

「個々のグループの融資内容を聞かれた。伊坂重昭（平和相互銀行監査役。4人組の筆頭）に的を絞っている模様だ。更に2人が呼ばれる見込み」

「また、内々に内部の職員を1人用意してくれと」

佐藤の側近だった桑原は東京地検特捜部の意向を受けて、動いている。つまり、特捜部の捜査状況はすべて住友銀行側に筒抜けになっていた。いや、むしろ住友銀行は、意図的に情報、証言者を用意しては特捜部に送り込んでいた。東京地検特捜部と住友銀行はまさに一体だった。

7月2日　墳崎敏之《つかさきとしゆき》（銀行局課長補佐）、國重会談

墳崎「大蔵省は今のところ方針を持っていない。状況の変化見ながら対応。大蔵の方からシナリオ書くことはない。急がずに、住友に話が転がり込む迄待つべき。北風ではダメだ。太陽でやるべき」

國重「佐藤茂（川崎定徳社長）と伊坂重昭の会談をセットした。しかし、伊坂は悪すぎる」

墳崎「9月頃、検査を入れる。この時厳しくやる。経営陣も交代させることを考える」

國重「その後は田代（一正。平和相互銀行会長）か」

墳崎「そうだ」

國重「田代はどんな男か？」

墳崎「くだらん人物。ネアカ、軽率。今回の住友の話も彼から漏れているに違いない」

墳崎「彼は30％〜40％位しか知らされていない。新聞に出ていることをＴＥＬで聞いても、『ちょっと聞いてから電話で返信する』という対応だった」

「大蔵省は最後に住友がいることで安心している。大蔵からは主体的に何かをすることはない。住友がシナリオを書けばそれに乗る。早まるな」

「平和相互の内容、2000億円程、悪くないと思う。日銀には気をつけろ。よくシャベル」

「大蔵は住友を厄介とは思っていない。ただ、松下（武義。住友銀行取締役）の動き、不快」

7月3日　松下から國重へ電話

松下「7月2日に磯田（一郎。住友銀行会長）、三重野（康。日銀副総裁）会談があった」

「三重野は、住友が本当に手を引いたのかどうか心配していた模様」

「三重野は『大蔵と日銀が共同で支援要請をすれば引き受けてくれますか』と聞いたらしい。磯田は『OK。ただし上限を決めますよ』と」

「吉田局長（吉田正輝。大蔵省銀行局長）、マスコミに追われている。個人的なスキャンダルか。ＯＢの1人　事情聴取あった模様」

住友銀行は着々と平和相互銀行大株主、佐藤茂を抱き込み、平和相互銀行預金量を減らさせ、大蔵省の預金者保護という大義名分を作るため、「総武通商」「太平洋クラブ」などの企業に対し自己破産、会社更生法の手続きを取り、平和相互銀行を追いつめていった。その一方で、日銀、大蔵省には時に撤退を匂わせながら恩を売ろうとしていた。住友銀行は老獪《ろうかい》だった。その中心にいたのが、松下であり、國重だった。

修羅場をくぐった人

同日　桑原芳樹から國重へ電話
太平洋クラブの会社更生法の申立ては、7月8日（月）頃になるだろう。

7月5日　佐藤茂、桑原芳樹、松下武義、國重会談。於住友銀行広尾荘。今後の対応を協議

①太平洋クラブ会社更生法の申立ては川越CC（カントリークラブ）の抵当権実行停止の仮処分が下りた段階で来週前半にやる
②松下は特捜部のスピードアップを要請する
③佐藤は、伊坂重昭、田代との友好関係を断絶する
松下「太平洋クラブについては、西武に手を打った。堤清二（西武セゾングループ代表）〝言う通りにする〟と言っている」

7月9日　松下から國重へ電話
松下「佐藤茂の身元わかった」
「心配ない。純粋右翼。信念の人」
「川崎家との関係は頭山満《とうやまみつる》（戦前の大物右翼）の仲介。児玉誉士夫《よしお》とも交際あった。小指、暴力団とは関係ない。数々の修羅場をくぐった人」

平和相互銀行株33・5％を所有する佐藤茂は、住友銀行が描く合併劇の最も重要なキーパーソンである。だからこそ、住友銀行の密談謀議の場に同席しているのである。それは

佐藤に信を置いていればこそのことだ。けれども、松下が今更ながら佐藤の人定を國重に報告するように、住友銀行側も佐藤について、信頼はしているが、その不明瞭な部分について一抹の不安を抱えていたのだ。佐藤茂の左手の小指は第一関節から切断されていた。

「佐藤さんは、本当に味ある良い人だった。いいおっちゃんだった」

佐藤のことを口にする時、國重の表情には何とも言えない親愛の情が表れる。

7月10日　松下から國重に電話

松下「佐藤と電話で話をした。早急に会いたいと」

「特捜部長（山口悠介。東京地検特捜部長）に会った。『今は豊田商事（豊田商事による組織的詐欺事件）等でバタバタしている、告発（佐藤らが平和相互銀行経営陣を犯罪行為として告発すること）は先に延ばしてくれ』といわれた」

7月12日　桑原芳樹から國重に電話

桑原「今日、検察に追加資料を持って行った」

「担当検事から何かスパッとどぎついのはないか」

「太平洋クラブと屏風はどう？　と」
「屏風の金の行方わからないのか」

住友銀行と検察との密接ぶりは尋常ではない。東京地検特捜部がさながら住友銀行の別働隊のようにさえ見えてくるほどだ。住友銀行が描く合併への道のりは重層的な働きかけによって成立していた。１つのルートは、大蔵省、日銀といった金融当局。もう１つは大蔵省に圧倒的な影響力を持つ、蔵相、竹下登のルート。そして、最後が検察である。明らかに合併への抵抗勢力である「４人組」を検察の力で排除するためだった。

桑原が平和相互銀行を担当する検事から聞かされた「屏風」というのは前出の「金屏風」とは異なり、合併反対を唱える「４人組」の筆頭、伊坂が深く関与した不正な融資だった。神戸市内の「屏風」と呼ばれる地域の土地取引に際して、実質42億円の評価しかない土地の購入資金として、伊坂からその倍以上の１１６億円もの資金が提供された。その巨額な差益が伊坂らへ還流するとともに、暴力団関係者などにも流れた事件である。

稲川会二代目会長

7月15日　桑原芳樹から國重へ電話
桑原「地検、今週、小宮山義孝を呼ぶ。平和相互銀行は検査を控えて、その前に荒療治をする模様だ」

小宮山義孝とは、創業家の和子の夫。当時、岩間カントリークラブを運営する会社「岩間産業」社長。この岩間産業は、住友銀行が平和相互銀行を吸収合併した直後に東京佐川急便に売却される。佐川急便のグループ企業となった岩間開発（改名）は、2年後、第三者割当増資を実行する。それによって筆頭株主となったのが「北祥産業」という不動産開発会社だった。そのオーナーの名を石井進という。稲川会二代目会長である。こうして、平和相互銀行事件は東京佐川急便事件へと発展していくのである。

昭和62年（1987年）、竹下登に対する「ほめ殺し攻撃」を、東京佐川急便社長・渡辺広康の仲介で止めてみせたのがこの石井だった。これをきっかけに東京佐川急便は石井に巨額融資を行う。その舞台となったのが岩間開発であり、事件は渡辺らの逮捕にとどまらず、東京佐川急便から闇献金を受けていた〝政界のドン〟金丸信（自民党副総裁）の逮捕にまでつながる。

バブル経済は大型経済事件を次々と生み落としていくのだった。

7月18日　広尾会談（於住友銀行広尾荘）

佐藤「伊坂（重昭。平和相互銀行監査役）が至急会いたいと言っているので土曜に会う」

桑原「月曜に（小宮山）義孝が地検に呼ばれ3時間話をした。内容は全般の話。屏風の件。誠備（仕手筋）の株の持出しの件。義孝は初めビビっていたが、今は協力すると」

松下「山口（悠介。東京地検特捜部長）の話では、地検は真剣だ。ただ個別の話でパンチの効いた材料欲しい、と言っていた」

桑原「伊坂の秘書、山田穂積を絡め取るのはどうか」

國重「太平洋クラブの会社更生法の申請を急ぐべき」

桑原「平和相互銀行は今、8月の検査対策をしている。太平洋クラブの会社更生法の申請が遅れると太平洋クラブの資産分散が進む懼れある。来週火曜日にやろう」

東京地検特捜部の動きも住友銀行側の情報提供なども活発となり、それに合わせるように取り調べのピッチもあがる。住友銀行側は、桑原の発言にもあるように、平和相互銀行の資産の取り崩しを狙った「太平洋クラブ」の会社更生法申請を急ごうとしている。「太平洋クラブ」の会社更生法が受理されれば、先述したようにおよそ1000億円以上の資産が毀損《きそん》する。

7月20日　佐藤茂、伊坂重昭（平和相互銀行監査役）会談

伊坂「株を譲ってくれ。リストを作った。銀行の預金量が50億減少した。行内の士気の向上を図るためにこのリストの所に株を譲って欲しい。株価は420～430円位でどうか」

佐藤「自分は株を持っただけで、世間から色々言われている。ここで株を売ったら、自分は東京に居れなくなる。だからダメだ。大蔵省と日銀がこれで平和相互銀行が

再建できるということを約束させる形で依頼するのでなければ渡せない。それに伊坂さんは私を田代（一正。平和相互銀行会長）や稲井田（隆。同銀行社長）にも会わせもしないではないか」

伊坂「早速会うよう手配する」

佐藤「大蔵省の検査が早まるという話を聞いたが」

伊坂「いや、10月下旬だ」

（大蔵省検査の前に何とか株を譲り受けて形を整えておこうという焦りがアリアリと見えた）

伊坂が先頭に立つ「4人組」は、佐藤茂が握る平和相互銀行株33・5％の買戻を必死に懇願している。買戻ができぬ一方で、「総武通商」「太平洋クラブ」といった大口融資先の「自己破産」「会社更生法」などの手続きがされ、その結果、資産の劣化が進むだけでなく、それによって予想される信用不安、預金の引き出しという金融機関の悪夢が刻々と近づいていることが伊坂らを焦らせていた。伊坂らは追いつめられていた。逆に言うと、住友銀行側の戦略は伊坂らの急所を的確に捉えていたことになる。伊坂は佐藤茂との会話で大蔵省の金融検査、通称〝MOF検〟は通常どおり10月に行われると信じていた。けれども、実態はそれほど悠長な話ではなかった。大蔵省の介入を急がせる住友銀行の戦略に寄り添うように、大蔵省でのMOF検への準備は整いつつあった。伊坂の読みは完全に外れていた。

会社更生法の申請

7月30日　桑原から國重へ電話

桑原「10：00に太平洋クラブの会社更生法申請し、受理された。民事8部60年ミ－4号
3：30から記者会見予定」
「佐藤のところに80人以上のヤクザが入れ替わり立ち替わりやって来ている。身辺が危ない。検察を急《せ》かさねばならぬ」

同日　松下から國重へ電話

松下「昨日、山口（悠介。東京地検特捜部長）と大堀（誠一。同検事正）との会談あっ

た。近々何かわかる」

8月5日　青木久夫（住友銀行専務）、**花村邦昭**（同企画本部長）、**長野厖士**（竹下蔵相秘書官）、**佐藤茂、桑原芳樹、國重会合。現状分析と今後の方針**

青木「これ以上平和相互銀行を信用不安にさせない配慮が必要じゃないか」

桑原「佐藤が近々、伊坂に会う予定」

7月30日に申請された「太平洋クラブ」の会社更生法の申請は「4人組」にとり、衝撃的だった。「4人組」の筆頭、伊坂の焦燥感は募るばかりだった。なりふり構わず、佐藤茂と面談を重ね、株の買戻を懇願し続ける。「太平洋クラブ」の会社更生法受理を受けて、大蔵省が「預金者保護に問題はない」とする異例のコメントを出したことも、伊坂の焦りを一層助長させた。大蔵省が介入してしまえば「4人組」のシナリオはすべて崩壊してしまうことを伊坂は十分に理解していた。

8月7日　松下、國重会談

松下「山口（悠介。特捜部長）と連絡をとった」

「今日の日経のMOF検の記事。平和相互銀行のOB達は、〝MOF頼りにならず〟とも言っているそうだ」

「このまま告発した方が良いのではという声もある」

「山口は、その方が良いかも知れないとも話していた。検討した方が良さそう」

8月9日　阿部（大蔵省のノンキャリ職員。関東財務局課長）、國重会談

阿部「8月早々、中検査部長（中源三。元大蔵省検査官。平和相互銀行検査部長）が私の所に来た」

「中は今、田代（一正。平和相互銀行会長）に言われて株の買戻工作の手先になっている。佐藤から株を引き取ろうと思っているが、株価が高過ぎてどうにもならない」

「買手口をみると一成証券（後に三菱証券に合併）だ。大蔵省の力で誰が買っているのか教えて欲しい。佐藤はどうやら株を高値で引き取らせようとしているようだ。私は断った」

同日　桑原、國重　電話会談

桑原「昨日、小松（昭一。小宮山家の執事）が資料を地検に持っていった。相変わらず『どぎついのはないか』とのことだった」

「太平洋クラブの保全命令の仮処分申請をした。あとはマスコミに公表のタイミング」

8月19日　桑原、國重会談

桑原「先週、八重洲画廊に伊坂（重昭。平和相互銀行監査役）が来て、40億円の屛風を買った。20億円の手付けを払った（最終決済は9月17日）」

「伊坂側は佐藤が金目当てで株を持っていると思っている模様」

合併の司令塔

8月21日　広尾会議（住友銀行広尾荘）。佐藤、桑原、松下、國重

佐藤「今朝、真部（俊生。八重洲画廊社長）からＴＥＬ。『20億円を差し上げるので、受取って欲しい』と。即座に断った」

桑原「平和相互銀行の預金は、１兆２００億円となった。太平洋クラブは子会社への保証をはずして、実質債務超過状態から分離しようとしているらしい」

平和相互銀行の預金量は１兆１５００億円だったが、「総武通商」「太平洋クラブ」などの自己破産、会社更生法申請などが信用不安を呼び、預金は引き出され続けていた。預金は最盛期のそれから１３００億円が引き出されてしまっていた。後を続ける。

松下「昨日、青木伊平と会った。当行の真意それとなく伝えた。３本位用立てる必要あり。対策を考える」

「山口（悠介）特捜部長にも話を聞いた。告発は検察にとってメリットでもデメリットでもない。検察が動かないのは次の2点から。

①伊坂は一筋縄ではいかない。慎重にやる

②企業犯罪で追うと平和相互銀行がつぶれる。目標は個人犯罪」

松下は当時、取締役。平和相互銀行合併の司令塔とも言える存在である。國重の上司であり、國重と松下は毎日、その日の情報を集めては状況分析をしていった。松下はこの國重メモでもわかるように、政治家、大蔵省、日銀の幹部ら、そして検察幹部、言わば日本の中枢に太いパイプを持っていた。その意味では松下はまさに有能な男であり、その能力は國重とともに飛び抜けていた。

その松下が当時、蔵相だった竹下登の秘書、青木伊平と面談した翌日の状況分析の場で、〝3本用立てる必要あり〟との発言をしている。3本が何を意味するか。それは当然、カネのことだろう。1本とはどれくらいの金額になるのか？　総理総裁を目前としていた竹下という政治家の力量を考えるならば、1本とはおそらく1億円。つまり、蔵相として竹下が住友銀行の平和相互銀行合併を容認すること、もっと言うならば合併先を住友銀行へ誘導させることとの見返りが松下の言う〝3本〟つまり、3億円ということだったのではないか。

第4章

金屏風事件の謎

40億円で購入された「金蒔絵時代行列」

最も不可解な事件

平和相互銀行事件で、最も不可解で今もその謎が残ったままとなっているのが、いわゆる〝金屏風事件〟である。

これは創業家である小宮山家が旧川崎財閥の資産管理会社である川崎定徳社長、佐藤茂に売り渡した33・5％の株式の買戻に奔走していた伊坂ら「4人組」に持ち込まれた話がきっかけのものだった。

「金蒔絵時代行列」と呼ばれる金屏風を40億円もの大金で平和相互銀行が買い取り、それと引き換えに、金屏風を持ち込んだ八重洲画廊社長、真部俊生が佐藤茂から株式を買い戻す仲介をするというものだった。

真部が伊坂ら「4人組」に接触したのは、昭和60年（1985年）4月半ば。伊坂の秘書役だった山田穂積は、その頃、東京・新橋にあった平和相互銀行本店前に停まる1台のロールスロイスを覚えていた。そして、山田はやはり「4人組」の1人、取締役の鶴岡隆二とその時交わした会話を覚えていた。ロールスロイスは誰なのか、と聞いた山田に鶴岡は答えている。「真部という画廊の社長だよ」と。

小宮山英蔵が亡くなった後の一族による内紛劇の第2幕で、創業家である小宮山家の当主で常務だった小宮山英一を解任し、銀行の実権を握った「4人組」。ところが、その「4人組」の前に突如登場したのが川崎定徳社長を名乗る佐藤茂という人物だった。

平和相互銀行の人間で、川崎定徳という会社も、佐藤茂という社長も知る者は誰もいなかった。しかも、突然登場した佐藤は、小宮山家側から一族が持つ同銀行の株式33・5％を譲り受けているという。まさに青天の霹靂《へきれき》だった。この見ず知らずの初老の男性から33・5％の株式を買い戻さねば、「4人組」が描いた計画がすべて水の泡となってしまう。「4人組」は窮地に追い込まれていた。それを見ていたかのようなタイミングで登場するのが、「私なら佐藤茂との仲介ができる」と見栄を切る真部だった。すでに33・5％の株式が佐藤茂に渡っていることを知っていること自体で、「4人組」は身を固くした。なぜなら、その事実を知る人間はごくわずかに限られていたからだ。

胡散臭い話だった。しかし、それでも佐藤との接点をまったく持たぬ「4人組」にすれば、渡りに船の話だった。また、この真部との面談を執拗に勧める人間も登場した。他ならぬ銀行の会長、田代一正だった。大蔵省審議官、防衛庁事務次官を経て、平和相互銀行へ天下った田代の存在は同銀行にとって極めて重かった。乱脈を極めた経営の中、大蔵省と険悪な関係にならなかったのは、田代という〝人質〟を取っていたからだった。その田代が、真部との面談をしきりに「4人組」に勧めるのだった。もちろん、田代は佐藤茂に小宮山家の株式が渡っていることは承知の上だった。

「こういう話はきれいごとじゃダメなんだ」「真部に会ってやってくれよ」

結局、田代らが協議した結果、真部、佐藤との対応は「4人組」の筆頭格である伊坂が担当することとなった。

田代は平和相互銀行の会長として、紛れもなく銀行を代表する存在だった。けれども、田代がこの明らかに胡散臭い〝金屏風〟の取引で演じた役回りは大きい。果たして田代は、真剣に銀行を守ろうとして真部との取引に道を開いたのか。それとも、住友銀行が大蔵省、竹下登、検察庁を巻き込んだ壮大なシナリオの一コマを演じた〝ユダ〟であったのか。

実は、大蔵省勤務時代から田代と真部との付き合いは始まっていた。真部は大蔵省に出入りしていた美術商の1人だった。当初、省内に飾る、どうでもいいようなオブジェを扱っていた。本格的に絵画を扱うようになったのは、元首相、大平正芳が大蔵大臣時代の昭和49年（1974年）頃だった。大平は個人的に絵画を買ったりもした。真部は大平の人脈を使い、大蔵省に浸透していったという。田代との接点もこの頃できた。
一方で真部は住友銀行、そして佐藤茂との接点も持っていた。真部と住友銀行との交わりは、今回の合併劇に端緒《たんしょ》を開いたイトマン社長、河村良彦だった。河村が住友銀行銀座支店長時代、真部はこの支店の顧客であり、佐藤茂も同じく河村の取引先の1人だった。

カネの行き先

当初、佐藤への対応を任されていた伊坂は、佐藤と接触する術《すべ》を持っていなかった。そこに真部が口を聞き、伊坂は佐藤と面談ができるようになっていった。
先に記した國重メモの〝6月4日〟にはこう記されていた。

伊坂「小宮山との泥沼状態解決のため佐藤さんに斡旋の労をとって欲しい」
佐藤「今のような感情的ではダメ。その前にやるべきことがあるはずだ」

〝その前にやるべきこと〟とは意味深長な発言であるが、伊坂はそれまで接触さえ叶わなかった佐藤と直に交渉できる段取りをつけた真部に対して信を置くようになっていった。そして、真部の〝金屛風〟の購入を条件に、佐藤の所有する株式を買い戻すという話にのめりこんでいく。

伊坂の秘書だった山田は伊坂の指示で最初の振込、20億円が行われた時のことを次のように述懐している。

『八月十五日、私は、太平洋クラブのビルの伊坂氏の部屋にいました。午後六時過ぎに(中略)伊坂氏が電話で、

「自分の実印を持って、青山の八重洲画廊まで来てくれ」

と言うのです。そこで私は、すぐに富国生命ビルに向かい、十三階の事務所の伊坂氏のデスクから彼の実印を取り出して、青山までタクシーを走らせました。(中略)

青山の八重洲画廊は、マンションのような大きなビルの一階に入っていました。(中略)

私が着くと、店内中央の応接セットに伊坂氏と真部氏の二人が座っており、すでに契約書も作成されていて、あとは伊坂氏が捺印するだけの状況だったのです。(中略)

私が見ている前で伊坂氏は実印を押し、互いに事務的に契約書を取り交わして、金屛風

の売買契約が成立しました。真部氏はマイペースといった感じで、あまり表情を変えず、「これで株に歯止めがかかりました」と言ったことが強く印象に残っています。
私も、その言葉を聞きながら、内心、これで全部終わるのかな、株は戻ってくるのかな、などと考えていたのです。（中略）
金屏風の代金の第一回目の支払いが行なわれたのは、翌八月十七日のことでした。（中略）
金屏風（中略）はコンサルティング・フォーラムが購入する形になっていたため、（中略）その日平相から、金利分一億円を加算した二十一億円が、コンサルティング・フォーラムに貸し付けられ、銀行の二十億円の預金小切手を持参して、午後二時頃、伊坂氏と二人で日比谷の八重洲画廊に出かけました。（中略）
日比谷の八重洲画廊の応接室で、私たちは真部氏に、直接、持参した預金小切手を手渡しました。真部氏は領収書を持って来ると万年筆を取り出して、その場で自分で二十億円の金額を書き入れました。書き込まれた数字の青いインクの色がいまでも目に浮かびます』（山田穂積著『謀略の金屏風――平和相互銀行事件・その戦慄の構図！』宝島社）

8月15日は木曜日、1回目の支払い、預金小切手の手渡しが行われた8月17日は土曜日だった。

どこから見ても、到底信じるには値しない話にしか思えない、金屛風事件。かつて、東京地検特捜部で〝カミソリ〟とまで異名を取った伊坂がなぜいとも簡単に騙されたのか？検証すればするほど、〝不可解〟という言葉しか残らない。

伊坂が目撃し、真部が作成したとされる、通称〝真部メモ〟というのがある。そのメモにはいかにもと思わせるように、「佐藤15　竹下3　伊坂1」と書かれていたという。特殊な状況、しかも政治が絡むとなれば、それが裏金を意味すると思われても仕方ない。佐藤茂に15億円、竹下登に3億円、そして伊坂本人に1億円を意味するとされ、後に国会でも追及されることとなる、この真部メモは、金屛風事件の不可解さをさらに増しもした。

しかし、現実はそれ以上に生々しい。國重メモの8月21日を思い出してほしい。この日、佐藤茂、佐藤の側近、桑原芳樹、松下武義、そして國重の4人で行われた会談だった。場所は住友銀行の接待場所「広尾荘」だった。

冒頭、佐藤が発言する。伊坂から八重洲画廊の真部に預金小切手が手渡されてから4日が経っていた。

佐藤「今朝、真部からＴＥＬ。『20億円を差し上げるので、受取って欲しい』と。即座に断った」

國重は自著『住友銀行秘史』の中でこの金屛風事件をさらっと次のように書いている。

『私がカネの行き先を調べようと動いていたところ、40億円はある信用金庫の八重洲画廊の口座に入金されたとわかった。そこで大蔵省関東財務局の金融課長と話をして、信用金庫の預金の出入りを調べてもらった。もちろんそんなことは簡単にできるわけもなく、私のＭＯＦ担としての経験と人脈があったからこそではある。（中略）

なんてことはない。実は40億円はすべて、借り入れの返済と大口定期の運用に使われていた。要するに、真部氏は40億円を単に自分の金繰りのために使っていたのだ。当時はこれが政界に渡ったと言われ、東京地検が捜査までしたが、結局は尻尾を摑めなかったのも当然である』

ここで國重が触れている、真部の資金の流れを追ってくれた関東財務局の課長というのが、國重メモにも登場する阿部であり、ノンキャリアながら、國重の有力な情報源だった。すでに故人となっている阿部だが、國重とのインタビューの中、國重は例外的に、阿部のことを〝阿部ちゃん〟と実に親愛の情のこもった呼び方をしていた。

暴力団の暗躍

9月6日　広尾会談（住友銀行広尾荘）。佐藤、桑原、松下、國重。今後の動きについて
「本日、佐藤から伊坂に対し、田代、稲井田への面会を申し込む」
「検査終了直前位を期して佐藤が平和相互銀行に乗り込み、田代、稲井田ら代取（代表取締役）と会い、今後のことをただす」
「告発の可能性をつめる大蔵省検査部長宛に資料を送付する（明日）。同時にマスコミに平和相互銀行の企業犯罪を暴く準備をする。マスコミ対策は引き続き進める」

9月8日　佐藤茂から國重に電話

佐藤「昨夕、暴力団幹部（メモでは実名）から連絡が来た。元検事ＯＢの天野某を通じて、株を売らないかと。伊坂は大蔵省検査に対し、政治工作を行い、表面だけなでる程度にするよう手配したと話しているようだ。伊坂に売ったのでは自分（佐藤）の面子もあるだろうから、天野に売れば、大義名分も立つだろう」

「話は断った」

「金曜日、伊坂から電話があった。田代、稲井田が佐藤さんに会いたいと言っていると。日をセットしたい、決めて欲しい。その前に自分と会って欲しい」

この時点では、まだ平和相互銀行の先行きは、自己再建なのか、他の銀行との合併なのか、表面的には流動的だった。内実は春以降、住友銀行が水面下で大蔵省、日銀、蔵相竹下登、そして最大のキーパーソンである大株主の川崎定徳社長、佐藤茂と緊密に連絡を取り合い、外堀を埋めるように、真綿で首を締めるように平和相互銀行を追い込んでいく。平和相互銀行を締めつける住友銀行の戦略は深く静かに、しかし確実に目的を達しようとしていた。

表面的には住友銀行はその野心を剝き出しにすることなく、無表情を装い続けた。それを知らぬ外野は、いまだに騒がしかった。それが日本興業銀行会長の池浦喜三郎であったり、その周辺では暴力団が動いていた。結果として、平和相互銀行事件は、東京佐川急便事件へとつながっていく。バブル経済が、事件を作り出していった。そして、その最も大きな特徴はそれまでは表舞台に出ることのなかった暴力団が、事件の主役を演じるようになったことだった。

真っ赤なウソ

9月9日　パレス会談（東京・大手町パレスホテル）。**松下、國重**

松下「9月6日、磯田、竹下会談があった」
「竹下の話では、4人組の早期退陣は可能だと。住友は急ぐな」

磯田「うちは関西相互銀行で失敗。今回失敗したら二度と合併は不可能になる。だから慎重にやる。大蔵省から誰が来ても、一旦断ることもありうると」

9月11日　青木久夫（住友銀行専務）、**國重会談**

青木「先日、日銀の玉置（孝。理事）に会った。玉置はこんな話をしていた」

「大手銀行に平和相互銀行支援の可否を打診した。三菱銀行の若井恒雄（専務）。三菱銀行は、店舗網は魅力。だが、①リスクが大きい。②平和相互銀行には人材供給能力ない。③企業文化違う。こうしたことから合併等困難（と言っていた）」

「富士銀行は住友銀行と合併されると困る。が、富士に体力がない」

「日本興業銀行は中村金夫頭取に聞いた。その気なし。池浦（喜三郎。同銀行会長）が動いているがそれは個人プレー」

「三重野（康。日銀副総裁）も自分（玉置）も住友しかないと思っている」

10月2日　吉田正輝（大蔵省銀行局長）、國重会談。於フェアモントホテル

吉田「検査はまだまだ続く。全てはその結果待ちだ」

「不良債権は1500億円もいっていないと思う。担保評価はキチッとやれと言っておる」

「色々な投書、内部告発来た。全て調べている」

「史上最大最強の検査となろう」

「精一（小宮山精一。英蔵の弟）が大分悪かったらしい。精一時代にペーパー（カンパニー）が増えている」

「小宮山英蔵から精一と脈々とした一族の流れを感じる」

「佐藤茂も伊坂も周囲にヤクザがいるという感じがする。薄気味悪い」

「果たして今の経営陣を追い出して再建のため、魑《ち》魅《み》魍魎《もうりょう》を退治できるのかなと思う」

「その時、今の経営陣に再建案を出させて、それを大蔵省が指導する形を取るか、今の経営陣を退陣させて残った、例えば田代がどこかに再建を依頼するか、どちらが良いかはまだ、わからない」

「平和相互銀行はそんなに言われている程、悪くない。土地と証券の含みある。債務超過にはならないかもしれない」

「他行は受けないかも。それなら、順番に拒否されて住友にということはありえよう。その場合、佐藤茂の役割が1つのポイントになろう。佐藤茂の真意はどこにあるのか」

「平和相互銀行の説明では、8月中に大臣の指示があれば佐藤が株を譲るというこ

とで、はめ込み先を探していたようだが、どうも違うと思う」

「やはり、住友に義理立てして最後は住友に渡そうとしているのではないかと思うのだが」

國重「6月12日以降、一切、関与するなと言われているから、うちは平和相互銀行にはノータッチ。どうなっているのかよくわからない」

「精一が悪いというが、それは現経営陣の説明。それに乗せられてはダメだ。やはり今日の責任は大半は現経営陣にある」

「ケジメをつけないと大蔵省の責任問題になることは間違いない」

「佐藤茂は義侠《ぎきょう》の人。住友に対して義理立てはあるかも知れない。少なくとも処分する時は教えてくれるだろう。佐藤とは最近はノータッチだ」

平和相互銀行合併を狙う住友銀行側の中枢にいる國重が、わざわざ6月12日と日付を示しながら、住友銀行は合併に対してまったく動いていないと大蔵省銀行局に告げている。真っ赤なウソなのだが、住友銀行は、会長の磯田が9月6日の会談で蔵相、竹下に、

「今回失敗したら二度と合併は不可能になる」

とはっきりと伝えているように、前回の「関西相互銀行」合併工作の轍《てつ》は二度と踏まぬという思いが上層部には徹底されていた。関西相互銀行の合併工作の最前線に立っていた國重は、磯田以上に、力による合併工作が思わぬ反発、関西相互銀行の場合は職員らの猛烈な反発であったが、を呼び起こすことを嫌というほど思い知っていた。だからこそ、住友銀行は最後の最後まで手の内を、たとえ大蔵省であっても明らかにすることはなかった。深く静かに平和相互銀行の外堀を確実に埋めていたが、それを表立たせることは決してなかった。

あれほど佐藤茂と濃密に接触を繰り返しながらも、國重は銀行局長に6月12日以降、一切接触していないと伝えていた。

「身辺が危ない」

10月3日　松下武義から國重へ電話

松下「昨日、小宮山義孝（岩間産業社長）が地検に呼ばれた。『屏風の金の流れで、どこを調べれば良いか教えて欲しい』と言われたらしい。色々と話してきたよう

だ」

「今日は、小松昭一（小宮山家の執事）が呼ばれている。同様に質問あるかも」

「ブラック情報では、東京地検から3人が『平和相互銀行からの90億円の不良貸金』の関係で神戸に飛んだという話がある」

「佐藤茂の身辺が再び危ない。佐藤に3人のガードをつけている。夜間、外に出ないようにとのことになった」

「伊坂重昭の死に物狂いの反撃か。色々動いている」


切羽詰まった伊坂は、融資先である暴力団関係者に頼み、佐藤が株を手放すように圧力をかけ続けていた。それが松下の「佐藤の身辺が再び危ない」の発言となっている。

小宮山義孝とは、小宮山英蔵の次女和子の夫。前述しているが小宮山義孝は当時、「岩間産業」社長。同社は、開発中の岩間カントリークラブの管理、運営会社だった。平和相互銀行が合併された2ヶ月後には、東京佐川急便に買収される。そして、3年後、同社は第三者割当増資を行い筆頭株主となるのが「北祥産業」。広域暴力団稲川会の二代目会長、石井進が代表を務める会社である。

その小宮山義孝が東京地検特捜部検事から協力要請を受けたのが「屛風」という事案だった。

平和相互銀行事件で大きくクローズアップされたのが2つの「屛風」と呼ばれる事件だった。1つは、40億円もの資金が動いた不可解極まりない「金屛風」の売買取引。そして、もう1つが「屛風」という地域の土地取引だった。

神戸市北区八多町屛風。変形した山林のこの土地は「屛風」という地名からもわかるように険しい土地である上に市街化調整区域に指定され、開発の見込みのない場所だった。まったく利益を生まないこの土地を平和相互銀行は創業者、小宮山英蔵の時代から所有。同銀行監査役で「4人組」の筆頭と目された伊坂重昭が主導し、この土地を大阪市と尼崎市の業者に60億円で売却。その一方、平和相互銀行は、買い手である業者に土地購入資金と宅地造成名目として88億円もの融資を行っていた。さらにその後に開発費その他として28億2000万円を追加融資。市街化調整区域、つまり開発できない土地に対し、平和相互銀行は合計116億2000万円もの融資を行ったことになる。

開発見込みのない土地になぜ平和相互銀行はおよそ116億円もの融資を行ったのだろうか？　結果として、この融資のほとんどが不良債権化し、30億円分の担保は取っていたが、88億円は回収不可能となった。東京地検特捜部はこの不明瞭な融資に目をつけ、主導した伊坂重昭、社長の稲井田隆の特別背任罪の立件に向け捜査を始めていくのである。

完全な箝口令

10月4日　広尾会議（住友銀行広尾荘）。**桑原芳樹、松下、國重**

松下「昨日、小松昭一（小宮山家の執事）が地検に呼ばれ、屏風その他の件で事情聴取を受けた」

「来週火曜日、10月8日に再び地検に行き、太平洋クラブの保証解除、つまり特別背任の件を話す予定」

「今日、河合（弘之）弁護士が大蔵省に行き、太平洋クラブの保証解除の資料一式渡す予定になっている」

今後の方針

①マスコミに屏風の件及び地検の動きを流す

②伊坂重昭達を追いつめる

③佐藤茂と伊坂が帯同して日本興業銀行、第一勧業銀行、三井銀行、住友銀行を歴訪させる。支援を要請し、断られるように演じてみせる
④住友は「大蔵省から口添えなければNOだ」と回答
⑤佐藤が大蔵省に大株主として行く

10月17日　桑原芳樹から國重へ電話
桑原「稲井田が入院したらしい。心労か或いは伊坂が地検から疎開させたのか。暴力団幹部（メモでは実名）が呼ばれたという話もある。マスコミには地検から完全な箝口令が敷かれた」

10月23日　松下から國重へ電話
松下「磯田から佐藤茂に電話してもらった」「佐藤も安心したようだ」

10月28日　佐藤、桑原、松下、國重会談。於荒井

佐藤「今日、6時からホテルオークラで伊坂と会って来た。伊坂は秘書の山田（穂積）を連れていた」

「伊坂の表情は明るく、ふっきれたような表情だった」

「伊坂はこんな風に話していた。『自分は今回の事態に対し、辞任も考えた。けれども、3日程前、日銀の方から辞任すべきでない、頑張るべきとの話を頂けた。大蔵省も自分達の味方である。地検もある手段を講じて、問題ない。そこで社長、株を譲ってくれないか』との話だった」

「勿論、断った。ただ、予想外の話で戸惑っている。どう対応したらよいか」

平和相互銀行合併のキーパーソンは何と言っても佐藤茂だった。同銀行の株式33・5％を保有する佐藤は同銀行の生殺与奪を握る存在だったからだ。佐藤にその株式購入の資金を提供したのは、イトマンファイナンスであったが、住友銀行そのものと言ってよかった。だからこそ、この國重メモが物語るように、佐藤は住友銀行の合併工作部隊とともに行動していた。佐藤は、住友銀行の合併工作の大半を情報として知り得る立場にいたし、また知ってもいた。

だからこそ、佐藤は自らの側近であり、東京地検特捜部に精通している桑原から、また住友銀行の〝参謀〟松下からもたらされる情報から、伊坂ら「4人組」の逮捕は近いと信じていた。

ところが、直接面会した伊坂は、意気消沈しているどころか気力は充実し、伊坂の口からは「日銀、大蔵省は自分たちを支持している」、また東京地検特捜部にも手を打っているような話までしているではないか。住友銀行側から聞かされていた状況とは真逆のことを面と向かって言われ、佐藤の気持ちは混乱する。佐藤が漏らした「戸惑っている」という言葉は正直な気持ちを表したものだったのだろう。佐藤の報告を受けて、参謀の面々はそれぞれの持分の対応を行うことを確認し合った。

松下　青木伊平から大蔵省銀行局長、吉田正輝への圧力
東京地検特捜部長、山口悠介に対し地検の動き
桑原　マスコミを使って地検工作の確認
國重　関東財務局経由で大蔵省検査課長の動向

住友の参謀

11月1日　松下から國重へ電話

松下「今日、小松康頭取（住友銀行）、三重野（康。日銀副総裁）と会った。2000億円の迂回融資を検討する気はないかと言われた」

11月9日　佐藤茂から國重へ電話

佐藤「昨夕、真部（俊生。八重洲画廊社長）と会った。真部は家が近いこともあり、時々、澄田（智。日銀総裁）と会っているようだ」

「真部が言うには、伊坂の逮捕近いのではないかと。屛風（神戸市の土地）に絡んで120億円貸出し、伊坂にその一部が還流しているらしい」

「伊坂から真部に電話があり『屛風（金屛風）を日生の倉庫にしまっている。平和相互銀行の役員に見せたいので、準備して欲しい』」

「平和相互銀行がフォーラム（伊坂の個人会社）に41億円貸していることを地検は

知っている。小宮山義孝が地検から聞いた話では、『伊坂は株を売ってもらえずに、困っているのではないか』と検事が話していたそうだ」
「澄田に会わないかと言われたが断った」

佐藤茂が保有する平和相互銀行株33・5％を買い戻す橋渡しをするとの触れ込みで「金屏風」を40億円で平和相互銀行に売った真部。実際の取引は、平和相互銀行系列で伊坂が代表を務める会社「コンサルティング・フォーラム」が仲介。平和相互銀行が同社に購入資金を貸し付け、同社から八重洲画廊に40億円が支払われていた。前述した通り、真部のもとに振り込まれた資金はそっくり真部の借金返済に当てられていた。伊坂は、かつて地検で〝カミソリ〟と異名をとった切れ者だが、不思議なほどこの幼稚な取引を信用していた。

真部と元大蔵事務次官にして、日銀総裁だった澄田との取り合わせも意外でしかない。真部は大蔵省に出入りする画商であり澄田とは旧知の間柄だった。しかし、真部と澄田との会話は、画商と客とのそれではない。澄田は海軍経理学校の同期でもあった辻辰三郎《つじたつさぶろう》（元検事総長）との交わりが深く、検察内部にも確かな情報源を持っていた。その澄田情報によれば、東京地検特捜部は神戸市の「屏風」の土地取引に重大な関心を寄せ、その不正融資で融資先からのキックバックが伊坂に行われていたとの疑念を深めていた。

11月13日　松下、國重会談

松下「昨夜、山口（光秀。大蔵省事務次官）と話をした。以下はその内容」

松下「いやあ、6月に山口の言う通りやめておいて良かった。平和相互銀行から色々内部告発来ている。それによると、日銀分類、4000億円、大蔵省のⅢ（分類）＋Ⅳ（分類）3000億円との話。とても手がでない」

山口「過去の大蔵省検、日銀考査、大甘。とてつもなく、中味悪い。どこも受けないだろう。シ団（複数の金融機関によるシンジケート団）方式が妥当か。それも、1抜け2抜けとなる可能性有」（その時は住友の出番という雰囲気）

松下「地検が伊坂を逮捕するという話がある」

山口「全ては検査の結果待ち」（告発あるかもという雰囲気）

松下「シ団方式は佐藤茂が何と言うか。彼はどこかが責任持ってやるべきと考えているかも。或いは、佐藤茂は自分でやると言うかも」

山口「それならそれでも良い。いずれにしても34％の株主を無視するわけにはいかない」

松下「いずれ佐藤茂、山口会談の必要が出て来るかもしれない」

平和相互銀行合併の住友銀行の〝参謀〟松下は役者だ。これほどまでに大蔵省、日銀の情報を集め、合併の障害である「4人組」、中でも筆頭の伊坂らを東京地検特捜部の強権によって排除、つまり逮捕させるべく平和相互銀行内部の資料、内部情報を入手しては特捜部に流し、その一方でマスコミにもその情報をリークしては世論を誘導していた。その松下は、事務次官の山口に会うや開口一番「(合併工作を)やめておいてよかった」と真っ赤なウソを言い放つのだった。

「最近は何もしていない」

11月16日　広尾会談。佐藤茂、桑原芳樹、松下、國重

月曜日の朝一番で佐藤茂が伊坂に電話する。内容は、「現在の銀行の役員に会いた

い」と申し入れる。もし伊坂が断ったら「では自分は個別に会う」と言って突き放す。

役員たちに言うことは次の3点

①自分、佐藤が裏で色々、小宮山をそそのかして内部告発等をやらせるという話は事実無根なこと

②現在の平和相互銀行の経営内容及び再建の具体策について説明して欲しいこと。イヤなら大坪（大蔵省主任検査官）と会うこともある

③自分が納得いけば協力するが、納得しない場合は、臨時株主総会も辞さない

11月18日　松下から國重へ電話

松下「佐藤がやや弱っている。左腕が痛いと言っていた。首の昔の後遺症が出ている。疲れている感じした」

11月19日　松下から國重へ電話

松下「青木伊平と連絡をとった。すると青木は『実は田代（一正。平和相互銀行会長）がやめようとしている。それを現経営陣から必死の慰留工作をしているところ』」

「伊坂が先月、佐藤に辞表を出しかけたのは、この『田代辞任』があったからではないか。それが慰留できるかもしれないとなって、強気に転じた可能性」

「（青木）伊平によると『吉田銀行局長は色々あると』松下が『彼はスキャンダル多い』と言うと、伊平は『まあ、まあそうですかな』」

11月21日　広尾会談。佐藤、桑原、松下、國重

松下「大蔵省が平和相互銀行の負の部分に蓋をする可能性がある。平和相互銀行に対する攻撃を仕掛けねばならない。マスコミ、国会が対象だ」

「11月28日、参議院決算委がある。その席で丸谷《まるたに》（金保《かねやす》。社会党の参議院議員。決算委員会委員長）を使ってやる」

「伊藤栄樹《いとうしげき》（東京高検検事長）に会い、真意をただす」

「伊坂が元検事総長の神谷尚男を使って伊藤のラインで地検を抑えにかかっている。伊藤栄樹の判断により、伊坂に逃げ切られたら最悪」

11月22日　吉田正輝（大蔵省銀行局長）から國重に電話

吉田「今日、青木久夫（住友銀行副頭取。10月29日付で専務から昇格）と会う。何か事前に聞いておくことはないか」

國重「最近は（平和相互銀行のことで）何もしていない。特にない。大蔵省検査の中味はどうか」

吉田「悪い。かなり悪い」

國重「要償却２０００億円と推定していたが……」

吉田「要償却はそこまで行っていない。住友はまだやる気なのか」

國重「わからない。大蔵省はどう考えているのか」

吉田「まだ決めていない。ただ住友の心づもりを聞いた上で判断したい。ところで、佐藤茂は株を手放すつもりはあるのか」

國重「最近は会っていないのでわからないが、多分、手放すつもりはないと思う」

吉田「平和相互銀行側は手放してもらえるようなことを言っている。伊坂と佐藤は度々会っているようだ」

國重「何かあったら連絡しよう」

國重は吉田の問いに空とぼけて「最近は何もしていない」と答える。吉田は女性問題など個人的なスキャンダルの後始末に追われ、あまり情報が入っていない。

ミスター検察

11月22日　松下、伊藤栄樹（東京高検検事長）会談

松下「平和相互銀行は事件にならないという話が出ている。実際、伊坂らは余裕綽々《しゃくしゃく》だ」

伊藤「心配するな。自分が（検事）総長になるであろう。12月下旬以降、1月か2月には必ずなる」

「伊坂は自分を河井門下生と言っているが、河井は同僚。伊坂とは立場が違う」

河井は河井信太郎《かわいのぶたろう》の意味。河井信太郎は「東京地検特捜部の生みの親」と言われた検事。現役時代は「鬼検事」とも言われた。大阪高検検事長を最後に退官。かつての部下だった伊坂重昭を平和相互銀行に紹介したのは河井だった。

伊藤「屏風岩（神戸市の土地）、美術品（金屏風）の件、全部知っている」

「あの銀行は年々1000億円悪くなっている。今やらねばならない。大蔵省はだらしない。自分は第一相互（第一相互銀行の不正融資事件）の時に主任検事だったが、その時も大蔵省をギュウギュウやった」

「大蔵省には再建プランを出せと言ってある。住友が最後に控えていることがわかれば、有難い」

「佐藤が信頼できると知って安心した」

伊藤栄樹はこの年の12月に検事総長になる。メディアは当時、〝ミスター検察〟という呼称で伊藤を呼び、その検事総長就任を非常に好意的に喧伝した。

「特捜検察の使命は巨悪退治です。私たちが『巨悪』と闘う武器は法律です。検察官は『遠山の金さん』のような素朴な正義感をもち続けなければなりません」

検事総長就任時、新聞各社のインタビューに伊藤はこう答えた。そして、検事たちを前にして、

「巨悪を眠らせるな。被害者とともに泣け。国民に嘘をつくな」

と訓示。

〝巨悪を眠らせるな〟は伊藤の代名詞となった。正義感を身に纏った颯爽とした検事総長の誕生だった。しかし、そうした法の番人、伊藤は一面、極めて現実的な法の番人だった。

明らかな恫喝

11月24日　吉田正輝（銀行局長）、**坂篤郎**《さかあつお》（銀行局課長補佐）、**國重会談**

國重「一昨日、佐藤茂に会った。以下彼の考えを伝えたい」

「株を売る気は全くない。伊坂らは暴力団などを使って執拗に要求してくるが、はっきり断っている」

「自分のところに内部告発多数来ている。平和相互銀行の現役、ＯＢからもたくさん来ている。自分は内情ほとんど知っている」

「内容悪い。不良債権は５９００億円にのぼる。問題は利息貸出だ。半期で１１０億円にのぼる。利息手形をしないと決算できない。内容、固有名詞で全てつかんでいる」

「この事態招いた4人組はすべて退陣しないと駄目だ。不良貸付の実態殆どわかっている。4人が残っていると無理。整理困難。田代は残るかもしれないが、田代は4人に女の件で脅かされている」

「4人許せない。地検内偵進めている」

「屏風の土地に40億円次いで80億円、最終的には120億円も融資している」

「5億円の美術品（金屏風）を真部俊生から40億円で買い取った。平和相互銀行からフォーラム（伊坂の個人会社）に41億円金が出た。色々やっている」

「大蔵省検査が終わったら大蔵省が自分のところに来る筈だ」

「自分は大株主。自分に相談する筈だ」

「但し、大蔵省の態度が曖昧だ。検査でも900億円も甘くした。吉田局長も個人的に弱みあるらしい。もし大蔵省が曖昧なら手を打つ。臨時株主総会も辞さず。自分の持っているデータをすべてオープンにして、4人と大蔵省の責任を追及する。シンジケートは絶対にダメだ」

「どこか責任あるところに頼むべき。住友には断られた」

「小宮山一族も悪い。開き直って平和相互銀行を潰しても良いと思っている」「抑えられるのは自分だけ。自分は本件に命をかけている。その辺りのサラリーマンとは訳が違う。納得いかなければ、トコトンやる」

吉田「検査はまだまだ続く。ようやく査定が終わっただけ。4人は『全て英蔵が悪い。その後の精一、英一の支配によりこうなった』との一点張りで突っ張っている」

昭和43年（1968年）に住友銀行に入行した國重はこの時、まだ39歳でしかなかった。MOF担ですでに行内では伝説の人となっていた。それとて、40歳にも満たない若手行員が大蔵省を向こうにまわし、佐藤茂の言葉を借りながら、明らかな恫喝をしているのである。國重は佐藤からの伝言だと言い、責任逃れをする大蔵省を追及すると言い放ち、佐藤をして、〝自分はサラリーマンとは違う、これに命をかけている〟と凄む。暴力団の影もちらつく大株主の言葉の前に大蔵省幹部は震え上がる。佐藤から、住友銀行には断られたと言われたというのがこの会話の肝だった。

佐藤は、自分はサラリーマンではない、と凄んでみせたが、それは図らずも國重の生き方そのものとも重なってしまう。MOF担として名を馳せたものの、國重は紛れもなく住友銀行の一行員だった。けれども、その生き方は明らかにサラリーマンという枠を超えた、もしくは逸脱したそれであったことは間違いない。
國重の口を通じて大蔵省に伝えられた〝恫喝〟は大蔵省を震撼させる。事実上、この日、平和相互銀行の運命は決まったようなものだった。國重の一撃が勝負を決める。

強烈な野心

再び3人の会話に耳を傾けたい。

國重「佐藤によると、融資を見ているのは鶴岡隆二（平和相互銀行取締役）で、それを伊坂が支えている。稲井田（隆。社長）と瀧田（文雄。常務）は傀儡《かいらい》。この2人の首を切って鶴岡を現役復帰させることは最悪だ」

吉田「いきなり4人とも退陣という訳にもいくまい。融資の経緯他の事情聴取をして徐々に身を引いてもらう」

國重「伊坂は絶対に辞めない。辞めたら、即、逮捕ということだ。自分の考えだが、本

件はどこかの銀行が1000億円の償却をせねば駄目だ。償却の後に残りの不良債権をどうするかがポイント。顧問団は字面（表面上）の流動性対策には良いが将来、大きな禍根《かこん》を残す。日銀からの直接融資無理か？」

吉田「それだけでは不十分。どこかの市中銀行のバックアップをポケットに入れておく必要がある。世間は住友銀行＝佐藤茂と見ている。4人は佐藤の後ろに住友がいるとして猛反発。大義名分が弱い。行員の反乱、避けねばならない。自分の所にも告発くるが、『住友と合併』というのは1つもない。機は熟していない」

住友銀行は取締役の松下を中心にして、平和相互銀行合併に向けての裏工作を続けてきていた。その工作は時の大蔵大臣、竹下登に始まり、大蔵省、日銀、果ては日本最強の捜査機関とまで言われていた東京地検特捜部、さらには検察権力の頂点に立つ検事長にまで及んだ。一民間金融機関がここまで権力の中枢に入り込み、工作をすること自体、まさに驚天動地なのだが、住友銀行はそれを当然のようにやってのけようとしていた。

住友銀行が永々として築き上げてきた行風もさることながら、やはり昭和52年（1977年）に頭取に就任し、当時、会長職にあり、住友銀行の最高権力者だった磯田一郎の強烈な野心の反映だったのではないか。磯田なかりせば、平和相互銀行の合併もなければ、磯田を住友銀行から放逐するきっかけとなったイトマン事件も起きなかった。また、磯田の野心、野望を反映する住友銀行だったればこそ、國重は十全にその能力を発揮できた。組織を率いる者の圧倒的な熱量は、大きなベクトルとして組織を動かす。住友銀行はそれをまさに体現した組織だった。

國重「佐藤の所には『どこでもいいから支援してくれ』と言ってきている」

吉田「それはポイントになる」

國重「顧問団はナンセンス。今の銀行は『自分はやりたくない。しかし、他がやると困る』というもの。数行で集まって相談して、どこか1行に頼もうとなる筈がない。団を作るとしても、市中銀行を入れたらダメだ」

吉田「流動性対策できない」

國重「顧問団作ることは慎重にしろ。その前に佐藤茂に会ったらどうか」

吉田「とにかく、1行が責任を持って再建することがベストということはわかっている。だが、時間と大義名分がない。とにかく、流動性確保も兼ねて顧問団を組成し、

そこで再建案考えて、1行に頼もうということになれば、そこに話を持って行く、という風に考えた。全てガラス張りでやりたい。今日は大変参考になった」

11月26日　坂篤郎（大蔵省銀行局課長補佐）から國重へ電話

坂「佐藤茂の意向は良く局長に伝えた。局長からは『昨日、（住友銀行の）小松頭取と青木（副頭取）に会った時、顧問団は大蔵省と日銀だけにすると話したら、青木はニコッと笑っていた、と伝えてくれ』との伝言だった」

「頭取は『祝福されてやりたい』とのことだった」

11月24日の國重の〝恫喝〟は確実に大蔵省を動かしつつあった。当初、大蔵省銀行局長、吉田の案では、都市銀行数行を含めた顧問団を作り、その話し合いの中から1行を推薦するというものだった。ところが、その顧問団方式を真っ向から否定したのが國重だった。その前段として、平和相互銀行の33・5％を持つ大株主、佐藤茂のものとしての、大蔵省の責任逃れを許さない、自らの命と引き換えにしても最後までやり切るという不気味な言葉は大蔵省を震え上がらせた。吉田は図らずも、〝ガラス張り〟という言い方をしたが、それはまさに大蔵省の責任を回避するための最善の方策だったからだ。國重の一言は間違いなく、吉田に刺さっていた。

11月26日　広尾会談　佐藤茂、桑原芳樹、松下、國重

松下「大蔵省を追い込まねばならない。そこで、佐藤が青木伊平と吉田正輝（大蔵省銀行局長）の所に行く。そこで『経営陣の責任追及と民間参加による顧問団組織反対を訴えよう』」

「田代（一正。平和相互銀行会長）が真部俊生（八重洲画廊社長）経由で佐藤茂に面会を申し入れて来た。明日会う」

住友銀行もいよいよ正念場にさしかかっていることをひしひし感じ、最終的な措置を打ち始める。

竹下登

11月26日　佐藤茂、青木伊平会談

佐藤「大蔵省はいったい何を考えているのか。真剣にやっているのか？」

青木「心配するな。民間顧問団、大臣（竹下登）は了解していない。設定させても、実行はさせない」

「着地はわかっている。それ迄、色々あろうが、わざと紆余曲折させていると思ってくれ。あまり、急に動かず、じっと待っていてくれ」

竹下登。２年後に政界の頂点に立つこの政治家にとって、この年は大きな賭けに出た年だった。元首相、田中角栄率いる田中派は１２０人余りの国会議員を抱える最大派閥として政界に君臨していた。時の首相は中曾根康弘だったが、その政権に最も影響力を持ったのが田中派だった。政治は田中の意向なしでは動くことはなかった。そうしたことから、田中は〝キングメーカー〟と呼ばれていた。その田中派で次の首相候補と目されていたのが、竹下だった。しかし、田中はその権力を竹下に引き継ごうとはしなかった。圧倒的な存在感の田中の前に竹下、そして世代交代を密かに進めようとしていた竹下周辺の議員らは焦燥感を募らせていた。そうした中、意を決した竹下は勉強会という名目で派中派、〝創政会〟を立ち上げる。昭和60年（1985年）2月7日のことだった。当初、田中はこうした動きを容認するかのような発言をしていたが、派中派という認識を強め、最後には怒りを露わにするようになった。その矢先、田中は脳梗塞に倒れてしまう。創政会旗揚げからわずか20日後の2月27日だった。

当時、宮澤喜一、安倍晋太郎とともに〝ニューリーダー〟と呼ばれ、次世代の有力継承者とされていた竹下の力の源泉は、大蔵省に強い影響力を持っていたことだった。その地歩は中曾根内閣で昭和57年11月27日から昭和61年7月22日まで大蔵大臣を務めたことである。当時、大蔵省は〝官庁の中の官庁〟と呼ばれ、政界にも極めて大きな影響力を行使していた。時の権力者とともに政治日程を組み立てていたのは、まさに大蔵省だった。つまり、大蔵省の協力なくして政治は機能できないほどだった。

竹下の周辺には、後に自民党副総裁となり、〝政界のドン〟と呼ばれるようになる金丸信を筆頭に小沢一郎、橋本龍太郎、羽田孜、梶山静六らその後の日本の政治を主導していく政治家が集まっていた。創政会を立ち上げた同じ年の9月には、米国の巨額な対日貿易赤字を解消するためのドル安円高誘導を国際的に決めた「プラザ合意」にも大蔵大臣として出席。国際的にもその名を知られるようになっていった竹下は、着実に頂点に近づきつつあった。

住友銀行が大蔵省を掌握した竹下に目を付けたのは当然だった。大蔵官僚も自分たちの省益を守り、かつ影響力を行使できる政治家として竹下を支えるようにもなっていた。

竹下の秘書、青木伊平は〝竹下の分身〟、〝竹下の影法師〟とも呼ばれ、政界、官界、財界では竹下と同じような扱いを受けていた、超の付くほどの大物秘書だった。後にリクルート事件で竹下をかばい自殺することになる青木伊平の、

「わざと紆余曲折させていると思ってくれ」

という言葉は竹下の思いであり、急がず、じわじわと物事を進める竹下一流のやり口でもあった。

たかが1兆円

11月27日　佐藤、桑原、松下、國重、長野（厖士。竹下秘書官）。於赤坂プリンスホテル
松下「今夜、佐藤茂が田代（一正。平和相互銀行会長）と会う。こちら側にとり込めるようにしよう。状況は我々に有利に傾きつつある」
11月27日　青木久夫専務、國重会談
青木「今、吉田（正輝。大蔵省銀行局長）から電話あった。顧問団は大蔵省と日銀だけで組成する、と」
「平和相互銀行の経営陣から再建案を出させて、顧問団がそれを検討する形を取る」
「極秘で顧問団から住友にデータを渡す。内々に検討して欲しい」
「このための窓口に國重を指名した。連絡役として動け」

赤坂プリンスホテルでの会談で、状況は我々に、つまり住友銀行の思惑の通りに動き始めているとの発言があったが、それがすぐさま現実のものとなる。最後まで再建の受け皿の顧問団を組成すること、しかもそこには民間金融機関を入れると主張して譲らなかった大蔵省銀行局長の吉田であったが、結局は民間金融機関は外すとする住友銀行側の意見が大蔵省の意見となる。しかも、平和相互銀行の内部資料すべてが内々に住友銀行に渡されるという。この瞬間、平和相互銀行の運命は決まったのである。

大蔵省は平和相互銀行を住友銀行に預ける判断をした。

同日　松下、玉置（孝。日銀理事）、**土金**（琢治。考査局長）**会談**

松下「住友としては、最後の段階で大蔵省、日銀から頼まれれば受ける用意はある」

「但し、穴が大きすぎる。自分試算では、平年度ベースで200億円の負債がある。1行では無理だ。半分を日銀が負担してくれる位でないとダメだ。日銀特融は国会承認なのか？」

玉置「大蔵大臣承認だけで大丈夫」

松下「公的資金以外の融資は可能か？」

玉置「可能だ。自分は住友以外に救えるところはないと思っている。吉田（正輝。大蔵省銀行局長）とは何回も話をした。吉田も同じ考えを持っている筈。なのに吉田のやり方は不可解」

「自分は顧問団の編成には反対している。そんなことで再出発出来る筈もない。大蔵省からは顧問団のメンバーとして、将来、頭取がやれそうな人物の名を登録してきたが、日銀からは名前を出していない。支援9行は自分が個別に説明して、団から降ろす。それ迄待っていてくれ」

土金「吉田の頭には日本興業銀行があったと思う。興銀は最初NOだったそうだが、途中からYESになっていった。それが、検査の直前に改めて降りてしまったと吉田が言っていた」

「最初は日銀単独になっても、面倒見るつもりだった。たかだか、1兆円出せば済む話だ」

松下「1兆円出すなら、半分の5000億円を無利息で出してくれ。そうすれば救える」

玉置「吉田は住友に非常に頼みづらそうだった」

たかだか〝1兆円〟出せば救える銀行だ、という日銀幹部。ならば、出してくれという住友幹部。平和相互銀行救済はすでに次の段階に移っていた。

「シナリオは順調」

同日　坂（篤郎。大蔵省銀行局課長補佐）、**桑原、國重会談**

桑原「佐藤茂はこの株を当初なにげない形で持った。ちょっとしたテコ入れで、再建可能と思っていた。それが調べてみたら、とんでもないことがわかった」

「今の佐藤が考えていることは、

①平和相互銀行の経営陣は犯罪集団であり、すみやかに処分すべき

②どこか1行に責任を持って支援してもらうべきであること

③日本興業銀行や三和銀行はダメであること

④放っておくと、1日億のテンポで穴が大きくなる」

坂「平和相互銀行が犯罪集団ということはその通り。大蔵省としても、やめさせるこ

とができればベスト。但し、行政権力には限界がある。嫌がる者を力ずくでやめさせるわけにはいかない」

「それに、信用不安の問題もある。ガラス細工を作っているようなもので、下手をしてこわしてしまってては大変なことになる。何とか自発的に辞任する方向に持っていかねばと思う」

「地検が手を伸ばしている。伊坂達の逮捕も時間の問題。それにタイミングを合わせる手もある。大蔵省も自力再建は無理と思う。どこかと合併がベストかもしれない。色々な手を検討している」

國重「当面やるべきことはやった。シナリオは順調。今後やることはマスコミを使って平和相互銀行の悪さを宣伝し、他行が手を出すことを断念するように追い込むことだ」

風雲急を告げるが如く、住友銀行の松下を筆頭とした〝工作部隊〟の動きは活発となり、ことに11月26日から27日にかけては、幾つもの重要な密談が重層的に行われ、間断なく情報が交換されていた。春先から重ねられてきた大蔵省、日銀、蔵相・竹下登、検察庁への働きかけがはっきりとした形になりかけていた。

「いよいよって感じで非常な興奮状態だったな、当時は。だって、この俺が興奮して眠れない日があったりもしたから」

國重がこう述懐するほど、機は熟していた。

第5章

4人組、追放

合併を発表する住友銀行・小松頭取（左）と平和相互銀行・田代社長

大蔵省・日銀の代理人

住友銀行による平和相互銀行の合併は、いよいよ最終局面を迎える。4人組の追放に向けた動きが、ここから活発化していく。

11月28日　坂（篤郎。大蔵省銀行局課長補佐）**から國重に電話。深夜**

坂「田代（一正。平和相互銀行会長）が来た。佐藤茂（川崎定徳社長）と会ったと言っている。『自分が社長になって、大蔵省、日銀の依頼があれば、株を売ってもよい、と言っていた』と。どうなのか？」

國重「全く違う。佐藤は『4人組を退陣させ、田代から再建案が出て納得すれば協力する』と、言っただけ」

坂「そうだろうな。田代もすっかりなまってしまった感じ。はしゃいでいる。大蔵省は何とか4人の首切りたいと思っている。ただ、いかに4人の首を切るかは非常に難しい」

「大蔵省の解任命令と同時に臨時株主総会という手もあるのか。そちらでも検討して欲しい」

「本当に怖いのは従業員の反乱だ。大蔵省は一般社員と接点ないので、感じがよくわからない。４人組を追い込む手だて、及び住友に持って行く手だてあったら考えておいて欲しい」

12月２日　坂、國重会談。於赤坂プリンスホテル

坂「本日、記者会見した。社長交代。清《きよし》、上林《かんばやし》両氏が顧問になった」

「この体制はあくまで暫定的なものであり、今後抜本的な対応を考えていく。両顧問は、再建計画策定後は行内に残るつもりない。田代もあくまでも当面の措置。先行き更迭もありうる」

「自分としては住友に頼むしか手がないと思っている。吉田（正輝。大蔵省銀行局長）も口には出さないが同じ思いだろう。伊坂（重昭。平和相互銀行監査役）を何とか辞めさせたい。自分の個人的な感触では地検がやるのではないかと思うが」

平和相互銀行の社長が稲井田隆から田代一正に交代し、顧問として大蔵省から清二彦《つぎひこ》、日銀から上林裕《ゆたか》の2人がお目付役として派遣される。言わば、大蔵省、日銀の代理人。つまり、それは住友銀行の〝触覚〟となることも意味していた。

12月3日　横内（龍三。日銀考査局考査課長）**から國重に電話**

横内「玉置（孝。日銀理事）の了解得た。担保関係のデータも見せる。準備出来たら教えて欲しい」

一貫して住友銀行による平和相互銀行救済を主張し続けていた日銀理事、玉置。大蔵省銀行局長の吉田が顧問団を通じ、同銀行のデータを内々に住友銀行に渡すことを約束したのと同様、日銀考査のデータも住友銀行に渡ることとなる。

丸裸も同然

12月3日　青木（久夫。住友銀行専務）**、吉田**（正輝。大蔵省銀行局長）**会談。於赤坂プリン**

スホテル

吉田「記者会見で自主再建という話が出たが、これは大蔵省の本意ではない。大蔵省が言ったことは、

①無配の責任追及

②現体制は暫定的である事

③顧問団と相談して道を探ることの3点

小宮山の良いところ取りというが、たかだか200億円だ。検査は今週中に金額固める。不正事件の責任追及。最終的に住友にと思っている。よろしく」

青木「60年度決算早く固める必要がある。決算対策に2～3ヶ月かかろう。更に3月末迄に61年～63年の計画作る必要あり」

吉田「住友は受けてくれるか？」

青木「条件ある。

①大義名分

②同業者、従業員の反発防止

③踏ん切り

事務局としては限度がある」

吉田「1月には固まる。何が欲しい」

青木「小宮山、四天王（4人組）、ペーパーカンパニーの主要な貸金の態様、担保、大蔵省の査定状況が欲しい」

吉田「清には言っておく。中部長などから実態資料入手して渡すようにしよう。上林は日銀考査局を使うと言っている。決断の時期はいつ頃か？　2月か？　3月か？」

「住友銀行は受けてくれるか」「住友は何が欲しいのか」

日本の金融ヒエラルキーの頂点に立つ大蔵官僚、しかも所管局長の銀行局長が、さながら懇願でもするように住友銀行の意向を気にしている。これまで、住友銀行の単独支援に難色を示していた大蔵省銀行局長、吉田正輝。だが、蔵相、竹下登が住友銀行の単独支援をはっきりと打ち出したことなどで、態度を急変させる。

前述の通り清、上林とは大蔵省、日銀からそれぞれ送り込まれた清二彦、上林裕のこと。中部長とは大蔵省から平和相互銀行に天下った中源三検査部長。こうした人物たちが住友銀行のために通常では絶対に外部に漏れることのない内部資料、検査資料、考査資料を集めては、住友銀行に手渡す。言わば、平和相互銀行は丸裸も同然にされていくのである。

青木「決断に時間の余裕欲しい。その間、大蔵省、日銀でムード作りをして欲しい」
吉田「従業員対策は？」
青木「うちにはできない」
吉田「店舗は見たのか？　小宮山からデータはもらったか？」
青木「もらっていない」
吉田「第一勧業銀行と三菱銀行は店舗全部見たとのこと。店舗と従業員はしっかりしているらしい。今なお色気を持っている」
青木「三和銀行には力がない」
吉田「うまく行く為にはならし期間必要か」
青木「そんな閑《ひま》はない。（昭和）61年度が精一杯。60年6月の総会近くに体制作りの必要ある。遅れたら平和相互は潰れる」
吉田「潰れるようなら否応なく住友に頼む」
青木「不正の第二次責任者は？」

吉田「日本興業銀行の中村（金夫。頭取）、鶴岡（隆二。平和相互銀行取締役）を褒めていた。鶴がいないと、実態がわからないのではないか」

青木「4人に権限を持たせたらダメだ。中に入れれば実態はわかる。住友に権限一手集中が条件だ。合併としても62年3月が最後だ」

吉田「大蔵省のやるべきことは何か？」

青木「①12月の個人預金対策

②早く検査を終えて、実態をまとめる事

③早く再建案を作らせて、支店長を集めて実態を話し、自主再建ムリということを示せ」

吉田「3カ年計画はどうなるか」

青木「何もしない筈だ」

誇り高き大蔵官僚が、しかも銀行界に君臨する銀行局長が、一民間金融機関である住友銀行の幹部に「大蔵省のやるべきことは何か」などと、ご用聞きのようなことを聞くなど、驚きでしかない。吉田は上層部、事務次官、そして蔵相の竹下から相当に叱責もされ、言い含められたのだろう。

キングメーカー

12月4日　阿部（関東財務局課長）から國重へ電話

阿部「預金が1兆円台を割った。12月3日で9998億5000万円」

12月5日　磯田（一郎。住友銀行会長）、三重野康（日銀副総裁）。於広尾荘

三重野「日銀としては、住友以外にはないと思っている。山口（光秀。大蔵事務次官）と連絡をとった。『吉田正輝（大蔵省銀行局長）はフラフラしている。省議で固まった訳ではないが、以心伝心で山口もOKと言ってくれて結構だ』とのことだ」

磯田「他行は？」

三重野「問題なし。富士銀行と日本興業銀行は関心なし。第一勧業銀行、堪忍してくれ。三菱銀行、大阪の地相銀なら欲しい。東京はいらない。三和銀行は力ない。住友としてはどうか」

磯田「大蔵省、日銀から正式な依頼があれば、検討する。但し、従業員の賛成、4人組追放、ほどほどの負担が前提だ」

三重野「わかった。当然4人は切らねばいかん」

磯田「いくらかぶってくれるか？」

三重野「2000億円かぶってくれ」

磯田「多すぎる。更に条件つける」

三重野「預金保険（機構）はダメだ。日銀、既に1500億円出した。平和相互の外貨預金すべてなくなってしまった。担保すべて洗い出し今は並で公（公的資金）で出している」

磯田「公的資金以下は良いのか？」

三重野「OKだ」

磯田「この借入は継続してくれるな」

三重野「条件は専門家に任せよう。玉置（孝。日銀理事）を使おう」

磯田「田代（一正。平和相互銀行社長）が1年やったらダメになる。地検も動いている。急がねばならない」
三重野「その通り。大蔵省とは吉田（正輝。銀行局長）をはずして直接山口（光秀。事務次官）とやる」

12月5日　佐藤茂、中曽根康弘（首相）。於吉兆
中曾根は南山会中座してきた（南山会は蔵相、竹下登とも近い政界フィクサーと呼ばれた福本邦雄が作った中曾根を囲む会。この日の会談は竹下の根回しで実現）。
中曾根「土田（正顕）秘書官から聞くと、分類2000億円、時間をかけて回収するとか」
佐藤「違う。回収不能3000億円にのぼる」
中曾根「佐藤さんが沈黙を守っていることに敬意を表する。事業家としてカン所しっかり押さえていて、流石《さすが》と思う。相手にも不気味な感を与えているだろう」
「土田からの報告だけで、よく知らないが平和相互銀行をよくするため頑張って欲しい」
佐藤「平和相互銀行は出鱈目《でたらめ》な銀行。田代にも会ったがダメだ」

中曾根「大蔵官僚はダメだな。平和相互銀行は必ず良くなるから株はそのまま持っているように。自分で役にたつことあれば、何でもする」

中曾根康弘。政界の風見鶏と揶揄《やゆ》され、弱小の第4派閥の長でしかなかった。保守傍流と呼ばれた中曾根が首相の座に着いた時、世間はロッキード事件の刑事被告人、田中角栄の絶対的な影響下で誕生したことから、その内閣を〝田中曾根内閣〟と痛烈に批判した。この批判の通り、幹事長に田中側近中の側近、二階堂進を、総務会長にもやはり田中派から金丸信を迎えた中曾根内閣は田中角栄に頭を押さえつけられた内閣に他ならなかった。

その田中が脳梗塞に倒れる。田中派の事実上の分裂もあり、中曾根は頸木《くびき》から解き放たれたように自由にタクトを振り始める。結果として、その在任期間はおよそ5年にも及んだ。

今や田中角栄に成り代わり〝キングメーカー〟となった中曾根の最後の役回りは当時、ニューリーダーと呼ばれていた次世代の指導者たち、竹下登、安倍晋太郎、宮澤喜一の中から後継を指名することだった。そうした中、中曾根は竹下の命運も握ることとなる佐藤茂とも面談していたのである。佐藤茂–中曾根会談などこれまで一度としてメディアに取り上げられたことはない。

最大の障壁

12月6日　佐藤茂、桑原芳樹、松下、國重会談。於赤坂プリンスホテル

松下「台本は順調に進んでいる」

「平和相互銀行及び関連会社が担保物件の処理を急いでいる。安価で処分されたら、穴が大きくなる。大蔵省にストップをかけさせよう。富士ビル、池田ハイツなどだ」

「暴力団幹部（メモでは実名）のところからも『株を何とかして欲しい』と頼みに来た。すぐ断った。再びサ（佐藤茂）に対する嫌がらせが強まっている。用心せねばならない」

12月9日　真部（俊生。八重洲画廊社長）、伊坂（重昭。平和相互銀行監査役）、田代（一正。同社長）会談予定。が、伊坂の急用でキャンセル

伊坂は12月5日から12月13日の約10日間、銀行に出社していない。地検の呼び出しを受けているのかも。小宮山義孝（岩間産業社長）の所に地検から引続き資料の要求が多い。内容は関連会社を通じた金の流れ。最初は所得税法違反位でパクルか（屏風の物件が120億円で国土法申請）。

状況は急を告げていた。それでも焦点は、佐藤茂が所有している平和相互銀行の33・5％に及ぶ株式だった。住友銀行側にとって、思い描いたシナリオ通り状況は推移しているものの、最後の、言わば〝画竜《がりょう》〟に入れなければならない〝点睛《てんせい》〟、それが合併反対の最大の障壁となっていた伊坂重昭の存在だった。それも住友銀行の検察庁への長い工作の結果、神戸市にある、〝屏風〟の土地への融資に絡み特別背任の立件に向けて秒読み段階に入りかけていた。

12月9日　阿部（関東財務局課長）から國重に電話

阿部「検査員がさらに増員になった。10人。今度は不良融資の責任追及をする。並行して再建計画作りをする。顧問は12月16日に初の出勤する」

「清（二彦。大蔵省から顧問として平和相互銀行に送り込まれた同省ＯＢ）は12月一杯は部長クラスと面談。２日前に田代（一正。平和相互銀行社長）が中（源三。同銀行検査部長）を呼んだ」

國重「引き続き中心になって自分を支えて欲しい」

阿部「問題は小宮山との確執をどうするかだ。銀行内の係累《けいるい》につながる人をキチッとする必要がある」

國重「それよりも銀行の再建案に同意するということでないといけない」

阿部「今、銀行の内部で再建案を作っている。近いうちに見せるのでコメントして欲しい」

12月13日　青木久夫（住友銀行副頭取）、吉田正輝（大蔵省銀行局長）。於広尾荘

吉田「（磯田一郎住友銀行会長と三重野康日銀副総裁の会談後）三重野－山口（光秀。大蔵省事務次官）会談あった」

「三重野は住友しかないという態度。山口は『詳しい話は聞いてないが、自主再建は無理という感じ。うまく作れないとまとまらない』と三重野に話しておいた」

「自分は山口に、住友に行く大前提として、
①4人追放
②従業員の賛成
③同業界の賛成が必要、と言っておいた」
「第一勧業銀行の藤森（鉄雄。会長）と会った。『4〜5年後なら可能だったが、今はムリ。各行の根回し手伝っても良い』と」

「12月16日、顧問の辞令。清（二彦）が中（源三）から現状をヒアリング中。検査チーム個別の不正融資の調査をし、もめている」

「伊坂をどうするかがポイント。監査役だけに追い込むこと難しい」

「今後、清から坂（篤郎。大蔵省銀行局課長補佐）、そして國重という形で年内に紹介する」

「環境作りが大切。それと役員の自力再生がムリということからせねばならない。田代（一正）も立場上、自主再建と言ったが、それもムリということが段々判ってきたようだ」

12月16日　竹下（登。大蔵大臣）、磯田（一郎。住友銀行会長）会談。於広尾荘

磯田「竹下は当方の意向を了解。大蔵省から住友に持って行くようにさせる。但し、時期に関してはのんびり構えている」

「更に『こんな悪いものを抱えると迷惑でないか』との発言。折半で負担するという話については、今後、説得を要する」

「山口（光秀。大蔵省事務次官）には、全部、裏も話してある模様。『住友にもっていけ』と言ってあると。検察の動き知らない」

「吉田（正輝。大蔵省銀行局長）は近くクビだとの発言。時期不明」

門外不出の資料入手

12月17日　坂篤郎（大蔵省銀行局課長補佐）、國重会談

國重「4人追放が大前提。そのためには、検査の講評で必ず4人の退陣要求をし、外にリークせよ」

「講評はなるべく多くの職員に聞かせよ。その上で地検への告発を準備せよ」

「同時に佐藤茂の方から臨時総会の申出をして、解任決議することもできる。自主再建無理とわかれば、職員の拒絶反応はない」

坂　「検討しよう。次の点について教えて欲しい。

①職員の現況はどうか。桑原芳樹と会わせて欲しい

②臨時株主総会の予定

③告発材料」

12月19日　**松下から國重に電話**

松下　「検察に行って話を聞いた。『新年早々には騒がしくなる』と。伊坂の逮捕は間違いないだろう」

12月20日　**國重、横内・西村両氏**（ともに日銀）**会談**

國重　（平和相互銀行の）状況表、人件費資料、物件費資料入手

國重は淡々と事柄のみを記載しているが、日銀の門外不出の資料を入手した瞬間である。

日銀副総裁、三重野の発言を國重メモから改めて時系列に追ってみると、〝初めに住友銀行ありき〟の姿勢は一貫している。その姿勢のブレのなさは、大蔵省とは実に対照的である。

12月24日　清（二彦。平和相互銀行顧問）、坂（篤郎。大蔵省銀行局課長補佐）、國重会談。於ホテルニューオータニ

清「住友と合併する方向で考えている。再編成のモデルケースに」

「合併は2〜3年かけてと思っていたが、早くしないと穴が大きくなる一方との話を聞いて、急がねばならないことがわかった」

「合併話が出た時は住友から厳しい条件を出してもらい、自分が従業員の立場からベターな方向に持って行き、行内のコンセンサスを得るようにしたい」

「自分は（昭和）61年3月か61年8月には退くつもり」

「4人は辞めさせるべき。近く人事異動をやり、行内のイニシアティブをとりたい」

「61年3月決算対策をせねばならない。益出し経常は赤を回避したい。その上で61

年末迄までに再建に対する考えをまとめたい」
「職員は権力になびく。決起するようなことはまずありえない」

この日、國重は「ホテルニューオータニ」の一室で清と上林を迎えた。國重は部屋に入ってくる清を「キヨシこの夜ですね」と言って出迎えた。この日が〃クリスマスイブ〃だったことを念頭に置いての國重らしいユーモアだった。

〃キヨシこの夜〃と笑顔で迎えられた清は、金融経理のプロだった。金融検査官出身の清は、当時、大蔵省を退官し、十六銀行ダイヤモンド・クレジット社の会長職にあった。住友銀行との合併を念頭において動いている清に対し、國重は次のような要望を出す。それらは合併を画策する住友銀行には喉から手が出るほど欲しい資料であった。

國重からの要望
①資産内容（含固有名詞）
②担保明細
③利息追い貸しの構造

④コンピュータシステム

「トップが何を言おうと」

12月30日　上林（裕。平和相互銀行顧問）、重藤（潔。日銀考査局長）、國重。於考査局局長室

上林「現在、部長クラスとインタビュー。一般社員は英蔵（創業者の小宮山英蔵）以来、時の権力に絶対服従。インタビュー、率直な意見出しているが、4人は退くべきとの意見行内の認識はまだ甘い。61年3月決算で何とか配当したいという人もいる位だ」

國重「われわれはできるだけ急ぎたい。遅れる程、穴は大きくなる。次の点を具体的に教えて欲しい。

①資産内容　不動産の資産の中味

②実態期間損益　利息貸出の構造

③担保物件の評価及び概要

④証券、不動産の含み益の中味」

上林「希望の線に沿うようにしよう。われわれも急がねばと思っている。更に本事態の打開のためには、小宮山との和解が1つのポイントになるが、手はあるか」

國重「佐藤茂の話は或る程度聞くと思う。更に行内に小宮山とパイプを持つ人を抱えているのも大切。但し、小宮山の4人に対する怨念凄い。4人の追放が和解の前提」

上林「4人が残らないと不良貸金の事業がわからなくなり、整理が出来ないという人もいるが、どうか」

國重「そのようなことは全くない。却って邪魔になるだけ」

上林「年明け早々再建委員会を作り、再建計画を作らせるが、どうせまともなものはできない。結局自分達顧問の手でまとめることになろう。今後は良く連絡をとりあいながらやっていきたい」

前述の清とともに平和相互銀行顧問に迎えられたのが上林裕だった。上林は日銀考査局次長、考査役を経て当時は日本信用調査社の社長であった。後に農林中央金庫専務理事となる上林は、考査局長の重藤の先輩であった。合併への密談謀議のために日銀が考査局長室を提供しているのは実に興味深い。

12月30日　朝日新聞経済部記者2人、國重

朝日「今日、午前中、小松（康。住友銀行頭取）と会った。小松は最初は否定していたが、1時間話をするうちに徐々にトーンが変わってきた。『公式には』という表現を何回も繰り返した。これは非公式には大蔵省、日銀から要請が来ていることだ。『書いてもいいか』と聞いたら、ダメと言わなかった。12月31日の朝刊に書く」

國重「公式にも非公式にも一切話はない。あれば自分は必ずわかる」

朝日「磯田（一郎。住友銀行会長）が極く親しい人に話した内容を聞いた。『3月迄にケリをつける。平和相互銀行をやることは、百年の計だ。これをやることにより、また当行に緊張感が戻って来る。質量共にNo．1になる絶好のチャンスだ』」

國重「トップが何を言おうと負担が大きすぎる。やって出来る事と出来ないことある。事務局としては絶対反対せざるを得ない。それに朝日が書くと『小宮山－佐藤茂

――住友銀行――朝日』というスキームが成立。他のマスコミから総攻撃。結果的には誤報となる可能性大」

朝日「よく考え直してみよう」

大晦日の朝、該当する記事は紙面に見当たらない。

12月31日　青木（久夫。住友銀行専務）、**國重。電話**

青木「昨夜遅く、吉田（正輝。大蔵省銀行局長）から電話。朝日と日経の記者が取材に来ている。朝日は『住友の首脳がやる気だと言っている』。自分は全面否定した」

12月31日　佐藤茂、桑原芳樹、松下、國重4者会談

松下「ここ迄は順調。だが未だ五分五分と考えるべき。佐藤茂に株を売れとの圧力、急速に高まっている。危ない」

「顧問団権威確立していない。人事異動急ぐべき。栄樹（伊藤栄樹。検事総長）は政治家（玉置和郎《たまきかずお》。参議院議員）を狙っていると」

そしていよいよ、運命の昭和61年（1986年）を迎える。

自主再建不可能

1月4日　坂篤郎（大蔵省銀行局課長補佐）、**國重会談**

國重「佐藤茂に脅しの動き強まる。急がねばならない。何故大蔵省は告発を考えないのか」

坂「自分と渡辺達（郎。銀行局課長補佐）は強気論者だが、以前からのメンバー吉田（正輝。銀行局長）や中平（幸典。同省中小金融課長）は慎重。これはスタイルの問題であって、脅かされているということはないと思う」

國重「清には、12月28日、検査チームから内容証明させた。良くわかっていると思う」

坂「来週、一度、清に会いたい」

國重「わかった。ところで日銀、不愉快。シナリオをよくわからずに、ただ闇雲に動いているのではないか」

1月7日　阿部（関東財務局課長）、**國重会談**

阿部「中（源三。**平和相互銀行検査部長）の話では、小宮山家との和解なしには、再建計画の立案も困難とのことから、その道が模索されよう」**

「八重洲画廊の当座出入表入手」

前述したが、國重は阿部を通じて、金屛風を40億円で平和相互銀行に売りつけた八重洲画廊社長、真部俊生の銀行口座を洗う。そして、40億円のカネはすべて八重洲画廊の借金の返済などに充てられていたことを突き止めている。当時、マスコミを騒がせた真部メモ、つまり真部のこの40億の配り先として〝佐藤15億円　竹下3億円　伊坂1億円〟などと記されたメモが広く流布されていたが、そうした疑惑はまったく存在さえしていないこと、そうしたメモなどがねつ造であることを、國重はいち早く知っていたのである。

1月7日　松下（武義。**住友銀行取締役）、國重に電話**

松下「地検、未だ動かず」

1月7日　青木（久夫。住友銀行専務）、國重に電話

青木「今日、日銀、玉置（孝。理事）からTELあった。金繰り苦しくなっている。平和相互銀行は例年、1、2月に200億円ずつ預金減る」

1月9日　佐藤茂、桑原芳樹、松下、國重4者会談

佐藤「今朝、太平洋クラブの桜田社長と会った（鶴岡隆二の意を受けてとのこと）。桜田はもう5回地検に呼ばれている。担当検事は腕まくりして『必ず伊坂をつかまえる』と言ったと」

「某検察OBから鶴岡は『現在にいる間は逮捕はない。役員に留まれ』と言われたらしい。又、大蔵省は地検の動くのを待っていると」

「先日、伊坂、鶴岡、田代のいるところで、清が『関連企業への融資はストップしろ。その結果、潰れても構わない』」

松下「伊藤栄樹（検事総長）に会った。『金繰りピンチ。早く動いてくれないとパンクしてしまうかも』と言ったら『わかった』と」

「どこかで金繰りパンクさせる必要があるかもしれない。地検の動きと関係を見守ろう」

今後の方針

地検の動きを当面見守る

行内に「自力再建不可能」の認識を浸透させる。

金融機関の生命線

1月10日　清（二彦。平和相互銀行顧問）、**坂**（篤郎。銀行局課長補佐）、**國重会談**

清「太平洋クラブの担保を解除して太平洋クラブのみをクリーンにしようとしていた。自分はやめさせた。今日、大坪（大蔵省主任検査官）が伊坂に対し、屏風の金40億円を返せと言っている筈（伊坂は40億円は株の内金と説明していた）。40億円の稟議書には、これで株のケリがついたと書いてある。この時は、連中で祝杯をあげたらしい」

伊坂にとっては、最大のピンチでもあった。佐藤茂が所有する平和相互銀行の株式33・5％をどう買い戻すかが、4人組にとっては最大の悩みだった。その彼らの心のうちを見透かすように登場したのが八重洲画廊社長、真部俊生だった。真部は、彼ら4人に取引を持ちかける。同画廊が所有する「金屏風」を40億で購入してくれるのならば、その代価として佐藤が所有する株式を取り返してみせるというものだった。真部は佐藤とは旧知の間柄だと言っていた。こんな荒唐無稽じみた話を伊坂ら4人組は信じた。売買は伊坂が経営する「コンサルティング・フォーラム」が購入資金40億円を平和相互銀行から借り、それを伊坂の口座から八重洲画廊の口座に流した。かつて、検察で〝カミソリ〟と異名を取り、特捜部に〝伊坂あり〟とも言われたほどの切れ者がなぜこんな話を信じたのか？　今もって謎ではあるが。

この代金40億円の返済を伊坂は迫られていたのである。それにしても、40億円もの大金を投じた4人組が、これで佐藤の株が返ってくると信じて祝杯をあげたという。時に歴史はこれほどまでに滑稽でもある。

清　「当面の再建計画は1～2年程度のものになろう」

國重「それはまずい。再建不可能ということにせねばいけない」

清「大蔵省検査部が試算した再建計画は2・2％の低利融資を4000億〜5000億円受けても、5年後に不良債権全然減らないというもの」

「61年3月は、償却△137億、当期利益△45億が検査チーム案。当面の再建計画は61年3月決算をどうするのかというものだけにしよう」

「作日、鶴岡（隆二。平和相互銀行取締役）が自分と上林（裕。同銀行顧問）の所に来た。『行員の生活は守ってくれ』と。自分が『力に限界がある』と言ったら『何としてでもやってくれ』と」

「今、小宮山（義孝。岩間産業社長）から新興製作所（平和相互銀行が融資していた通信機器メーカー）の更生申請の可能性。小宮山から11億円の株式を等価で買取れと言ってきている。既に2億円引取った。鶴岡は本件、小宮山との雪どけの象徴とか言っているが、自分は残り9億円の買取りは断固やめさせた」

「近々次の資料を渡す。コピーを取って欲しい」

MOFの分類の内訳

検査チームの作った再建試案

主要関連会社のラインシート

ラインシートには貸出金額、貸出金の使途、貸出先の財務内容、返済計画などが仔細に記されている。言わば、金融機関の生命線である。住友銀行はＭＯＦ検査の内容とともに、このラインシートをいち早く入手することを切望していた。國重にしても、この資料の入手はよほど嬉しかったのだろう、わざわざこの記載部分は四角で囲っていた。

ミスター特捜部

1月10日　坂（篤郎。大蔵省銀行局課長補佐）、**國重会談**

坂　「吉田（正輝。同省銀行局長）も4人組不要と考えている。亀井（敬之。銀行局担当審議官）もはっきり4人切ると主張。大蔵省が4人を残すという考えは全くない」

「日銀けしからん。普段政策に関与していないので、今回はかみたくて仕方ない模様。先般の朝日の記者も（日銀）考査局が出したと思う。おまけに、『住友はやる気だ』とマスコミに言っている」

1月13日　4者会談（佐藤茂、桑原芳樹、松下武義、國重）

松下「中（源三）検査部長も、かつて（大蔵省時代に）MOF検主任の時、手心を加えたことで、4人に弱みを握られているらしい」

「59年11月　瀧田（文雄。平和相互銀行常務）が大蔵省に行き、貸金整理方針を説明。激励されたときのテープがあるらしい。大蔵省の弱味」

当面

①4人の辞表と「佐藤に再建一任、協力」が今後の前提

②そうすれば4人の生活保障

③辞表の後、佐藤と顧問、田代、大蔵省、日銀協議

1月14日　松下、國重会談

松下「昨日、地検の吉永（祐介。最高検公判部長。後の検事総長）と会った。『総長の陣頭指揮で危なくて、情報取れない。ただ、そんなに早くやれるとは思えない』

と」

松下が会った相手、吉永とは、あの吉永祐介検事のことだ。当時、最高検公判部長の要職にあった。吉永といえば、かの元首相、田中角栄が逮捕されるというロッキード事件を主任検事として指揮し、〝ミスター特捜部〟と呼ばれた検事。法務省本省を歩いた法務官僚とは一線を画すると言われ現場派の代表とされた吉永でさえもが、住友銀行とは太いパイプで結ばれていたことが窺える。今更ながら、検察首脳とサシで話ができる関係を築いた取締役、松下武義の能力には舌を巻かざるを得ない。

1月14日　佐藤茂、伊坂会談

伊坂「小宮山との和解を何とかして欲しい。そのためには小松（昭一。小宮山家の執事）が良い。英一とは合わないが、ミサ夫人（美佐子。英蔵の妻）を説得できるのは彼しかいない。小松に会ってくれないか。その際にはオミヤゲは用意する（辞任するという意か）。来週三者会談」

1月17日　佐藤茂、地検に呼ばれる

佐藤　地検から聞かれたこと

①真部（俊生。八重洲画廊社長）問題の事業関連の確認

②伊坂をどう思うか？

1月18日　松下、國重会談

松下「1月27日に花月会。そこで伊藤栄樹（検事総長）に再確認する。それまで様子を見よう」

國重「再建不可能という認識を行内に持ってもらうようにすることが大切。検査結果のマスコミリークも要検討」

ここで再び、検察主流派たちの親睦会というべき「花月会」が登場する。この運営を仕切っていたのが、住友銀行だった。

「責任は自分が取る」

1月28日　4者会談（松下、佐藤、桑原、國重）。**於銀座東急**

松下「昨日、花月会で伊藤栄樹と会った。『地検は見ているところだ』と一言。準備は完了しているのではないか」

本日をもって大蔵省の検査が終了。住友銀行は前年の12月24日、内々に不良債権の内部資料を大蔵省を通じて入手していた。それがために、自主再建不可能がマスコミ的に大々的に報じられるこのタイミングに一気《いっき》呵成《かせい》に流れを作ろうとしていた。

松下「佐藤が明朝、田代（一正。平和相互銀行社長）、清（二彦。同銀行顧問）、上林（裕。同銀行顧問）の3氏に電話し、合同の面会を申し込む」

①検査講評は終わったのか。この新聞の数字は本当か？（1月24日付日経新聞で「不良債権1700億円」「焦げつき130億円」と報じられた）

②本当なら「自主再建」はとても無理
③今、どのような計画を考えているのか
④3日間、時間を与える。それ迄に「自主再建」「大手銀行との合併」か「再建不可能」か。考えを教えてくれ
⑤自分が納得すれば全面的に協力するが、納得しなければ、臨時株主総会も辞さない
「次に伊坂に電話。アポイントを取る」
①田代、顧問に会った。「自主再建」は不可能と考えたので、再建の方策、大手との合併の道を聞きたいと言った
②3日間の猶予を与える
③自分はあなたと再建案を作りたいと思っていた
④田代、顧問にたいして、あなたの考えを進言したらどうか
⑤自分は大手銀行との合併しかないと思っている。あなたもこれを伊坂試案としてまとめたらどうか

1月28日　坂篤郎、國重。電話

坂「今日講評終わる。マスコミ殺到するだろうが、記者懇（談会）をするだけ。中味は言わない」

1月28日　松下、國重。電話

松下「磯田（一郎。住友銀行会長）と小松（康。同銀行頭取）が話をした。佐藤が動き出すことを伝えた。小松は予想以上に前向きだった」

「磯田は『何が何でもやる。責任は自分が取る』と小松に言った」

この時、磯田の迫力、「責任は自分が取る」と言って小松に迫った姿に、松下は息を呑んだという。平和相互銀行を合併したことの是非はともかく、人間の執念が物事を動かすことを磯田が証明してみせた。

4人組辞表を提出

2月5日　坂（篤郎。銀行局課長補佐）、國重会談

坂　「今日、4人組に辞表を求めた。4人の反応は次の通り。
稲井田……何も言わず
瀧田……自分は借金があるが
鶴岡……融資グループの人間が可哀想だ
伊坂……自分が今、手がけている仕事をどうするのか
明日12時に回答を求めた」

2月6日　4人組辞表を提出

國重のメモはこの日、2月6日、つまり住友銀行との合併に反対、自主再建を主張していた「4人組」が引導を渡され、辞任したところで終わっている。

2月21日には両行は合併に向けての覚書を交わす。10月1日には正式に合併が決まった。平和相互銀行は35年の歴史に幕を閉じる。それに先立つ、7月6日には、伊坂ら4人組は全員、東京地検特捜部によって特別背任で逮捕されていた。

大蔵省もわかっていた。平和相互銀行がどうしようもない銀行であると。その処理で返り血は浴びたくない。かたや、関西相互銀行で手痛い失敗をした磯田の名実ともに日本一の銀行を目指すという執念、情念は住友銀行という巨大組織を突き動かす。

両者の利害が一致したのが平和相互銀行合併だった。

そのために、わかっているけれども口には出せない、住友銀行に合併させるけれども口に出せない、だからこそ、壮大なセレモニーが必要だった。それが住友銀行による〝ヘイソウ〟合併だった。

磯田の情念が大蔵省を動かし、日銀を動かし、検察庁を動かし、そして竹下登を動かした。その情念の手足となったのが、取締役の松下であり、國重だった。その善し悪しは別にして、そこに集められた情念、熱量は歴史のウネリを作り上げた。

第6章

真説・イトマン事件

辞任を発表する住友銀行・磯田会長（左）。右は巽頭取

内部情報源

昭和61年（１９８６年）10月、住友銀行は平和相互銀行を合併した。國重はそれを見届けるように、翌年４月、渋谷東口支店長となる。もとは平和相互銀行の支店だったところで、國重にとっては初めての支店長就任であった。そして、業務渉外部の部付部長として本店に戻って来た國重を待っていたのは、國重の名をさらに高めることとなる「イトマン事件」だった。

戦後最大の経済事件と言われるこの事件では、住友銀行による平和相互銀行合併のきっかけを作ったイトマンをめぐり、法外な価格での絵画取引やゴルフ場投資により多額の資金が闇社会に流出、多くの逮捕者が出た。メインバンクである住友銀行の責任も問われ、〝天皇〟と呼ばれた磯田一郎の長女が絵画取引に関わっていたこともあり、最後は磯田の辞任にまで至った。この事件が、國重の告発によって明るみに出たことは『住友銀行秘史』に記された通りだ。

〝國重のイトマン事件〟は１本の電話から始まる。

「土屋東一って弁護士さん知ってる?」

　土屋弁護士はいわゆる、〝ヤメ検〟と言われる検事出身の弁護士だった。筆者が頷くと、國重は嬉しそうに、

「そう」

　と言ってはポツポツと話を進めた。國重が楽天証券の会長だった時代だ。國重のオフィスは東京・六本木の「六本木ヒルズ」19階にあった。この〝欲望の塔〟にもなぞらえられた「六本木ヒルズ」には、楽天を始め、村上世彰の会社「M&Aコンサルティング」、堀江貴文の「ライブドア」などが入っていた。東京を睥睨《へいげい》するかのようなその眺望は、経済を席巻するネットベンチャーの勢いを象徴していた。そこから、話は平成の初めに遡る。

「電話があったんだよ、その土屋弁護士から『國重さん、伊藤寿永光って知ってる?』って」

〝スエミツ〟という聞き慣れぬ名を國重が「知らない」と答えると土屋弁護士は笑みを含んだ声で言うのだった。土屋は住友銀行の〝政治部長〟と言われ常務となっていた、松下武義の紹介だった。

「あんたに似ているんだよ……」

「似てるってなんですか？」

「一見すると爽やかなんだけども……」

そして土屋は続けた。

「今度、（イトマンの）河村（良彦。社長）さんが、この伊藤という人を役員で入社させるというんで、何か知ってないかなと思って連絡をしたんだ」

後に伊藤と相まみえることとなる國重だが、この時は伊藤という存在はまったく知らなかった。ただ、

「似てるって言われたからな……イトウスエミツって名前は記憶にとどめたよ」

この電話が〝國重のイトマン事件〟の端緒とするならば、それをなお一層明確にした場所が「六本木ヒルズ」からほど近い場所にある。「ホテル六本木」だ。現在では全面改修が施され、その名もアルファベットの表記に変わっているが、場所は國重が通っていた1980年代後半から変わってはいない。

なぜこのホテルが〝國重のイトマン事件〟と深く関わっていたのか？　実はこんな事情があるのだ。

前述した平和相互銀行の合併工作の最中、國重は平和相互銀行株を実質的に所有してい

たイトマンに足繁く通っていた。担当役員との打ち合わせだった。その中で、國重は担当役員の秘書を口説き、いつしか逢瀬を重ねる関係となっていた。國重はもちろん、結婚していた。つまり、不倫をしていたわけだ。

「可愛かったんだよ」

國重は、数十年前のことを屈託なくこう振り返ってみせた。

「で、國重さん、その女性とイトマン事件がどう関係するんですか？」

こう聞くと、國重は、

「いやー……」

と苦笑を浮かべて言うのだった。

「彼女は有能でさ、伊藤寿永光のことも知ってたんだよ」

その秘書は、國重に伊藤が常務としてイトマンに入社すること、その人事のために不動産本部が大騒ぎになっていることを教えてくれる。イトマンの〝内部情報源〟は情報源にとどまらず〝國重のイトマン事件〟に積極的に関わる。

「僕がイトマン事件の最中に内部告発を装って匿名で告発文を書いたって教えたでしょう？　その告発文の便箋や封筒は正式なイトマンのロゴが印刷されたものだったんだよね。

便箋や封筒は全部、その彼女が用意してくれたんだよ」

告発文によりリアリティを持たせるため、國重はイトマンの正式なロゴが入った便箋、封筒を調達した。「ホテル六本木」で逢瀬を繰り返す女性を通じて入手したものだったのだ。

「國重さん。凄いことを考えますね？」

「いやー、とんでもないと思うけど……当時は、なんかね、そうした流れで……」

告発文

愛人から入手した便箋、封筒で書かれた告発文（通称「Ｌｅｔｔｅｒ」）の全文を記載しておく。相手は大蔵省銀行局長、土田正顕だった。１９９０年（平成2年）5月14日だった。


拝啓、新緑の候　時下益々ご清栄のこととお喜び申し上げます。

私共は伊藤萬の従業員であります。

住友銀行から現在の河村社長が、当社〝再建〟の為に派遣されてから早や10年が経ちました。表面上は100億円を越える利益を上げて極めて順調に見えますが、その内情は今や最悪の状態になっています。当社の資産は、関連会社を含めたグループ合算で約1兆3000億円ありますが、このうち約6000億円は不動産や株への投資が固定化してしまったものであり、何の利益も生まないものです。逆にその分の銀行借入れの金利負担だけがのしかかっています。

その内訳は、次の通りになっています。

慶屋（南青山土地、伊勢志摩）	約1000億円
杉山商事（高値づかみ物件）	約1000億円
大平産業（不動産の固定化）	約1000億円
雅叙園《がじょえん》観光（仕手株と不動産投資）	約2000億円
大和地所他（海外も含めた不動産投資）	約1000億円
合計	約6000億円

これらの固定化された資産は、それぞれグループ内で転がすことにより表面上は利益をだしていますが、実際は、利息の追い貸しをして辻褄を合わせているのであり、本当の利益はプラス100億円ではなくマイナス300億円位の赤字決算であります。このため当社の金繰りは急速に悪化してきており、このままでは当社は大変な地獄に陥ってしまうことでしょう。

このことは、ひいては当社の取引銀行にも多大な影響を及ぼすことになるでしょう。そこで、なにとぞ御当局の力で当社の実態を調査分析し、これ以上事態が悪化しないよう歯止めをかけてください。よろしくお願い申し上げます。

敬具

伊藤萬従業員一同

第1号

土田正顕　様

この4日後、國重は告発文の第2弾をやはり土田に送る。今回は伊藤寿永光の実名をあげての批判文となった。やはり全文を掲載する。くどいようだが、國重が愛人から入手したイトマンのロゴ入りの便箋、封筒で書かれたものだ。


前略、取り急ぎ第2号を出させて頂きます。

大蔵省ご当局は本年3月に不動産融資の総量規制とやらを実施したとのことですが、全くの尻抜け規制と言わざるを得ません。

建設・不動産・ノンバンク向けの融資を抑制しても、今や資金は様々なルートを通じて不動産（投機）に向かっています。

その代表が商社であり、特に当社の実状はひどいものです。第1号でもご紹介したように当社グループの総資産の大半が不動産もしくは仕手株投資であります。以下その典型例をご紹介申し上げます。

銀座1丁目を中央通りから昭和通り側に入っていった中央競馬会の場外馬券所の近くに、約400坪の更地があります。これはもともと地元の中小商人の集まりである銀一商業協同組合が保有していたものですが、2年程前に今回雅叙園観光について当社と提携した協和総合開発研究所の伊藤社長が、この商業協同組合の出資権を買収し支配権を確立致しました。この取得費用が約300億円です。

東京都宅建取引業協会の調べによる時価は大体坪当り６０００万円、総額にして約２４０億円位になるでしょう。

ところが伊藤社長はこの土地を担保にして、昨年秋までに総額４７０億の借入れをファーストクレジット等から行いました。更に、昨年11月には当社がこれを肩代わることになりました。

伊藤社長は本年2月、当社の企画監理本部長に就任し、当社の不動産を一切取り仕切ることになりましたが、銀座の土地にも当社をフルに利用する腹でいます。伊藤社長の持論は、土地には担保価値、処分価値、開発価値があるというものですが、当社の銀座の土地の開発価値を考慮して、今や実に６００億円の資金を融資するに至っています。この資金の調達先は、半分が住友銀行、半分が東京銀行、一部に第一生命のファイナンスカンパニーが入っています。

このように、不動産の担保価値、処分価値を４００億円も上回る額を開発価値という屁理屈で〝過剰融資〟し、その分は他の不動産や株に流れていっている図式は、当社の随所に見られます。

私共は、当社を愛するものとして、このような資金が当社からザァザァ音をたてて流れていることに、猛烈な不安を覚えています。

大蔵省ご当局におかれては、どうかこのような過剰融資の実態をよくお調べの上、厳しい姿勢で臨まれることを切に希望して止みません。

末筆ながら、皆様のご健康をお祈り申し上げます。

敬具

伊藤萬株式会社従業員一同

土田正顕　様

伊藤寿永光と許永中

この一連の告発文は国会でも取り上げられることになった。

「怪文書紛《まが》いが国会で取り上げられたのは僕のだけだ」

國重は時にこんな言葉を漏らしては笑っていた。

伊藤寿永光はバブル経済を代表する怪人物であったが、それ以上にその闇が深かったのは、伊藤に連なる人脈がより深い世界の住人たちだったからだ。さながら、バブル経済は地獄の釜の蓋が開いたかのように、魑魅魍魎が表舞台で跋扈《ばっこ》する時代だった。

伊藤寿永光の名前が知られるようになったきっかけは、雅叙園観光（東京、静岡でホテルを経営。１９９７年に倒産）の筆頭株主となったことからだった。１９９０年１月のことだ。

雅叙園観光は関西で名を馳せた仕手筋、池田保次率いる「コスモポリタン」に乗っ取られていた。しかし、「コスモポリタン」は７００億円もの手形を乱発、資金繰りに窮した同社は倒産。池田は新大阪駅で姿を目撃されたのを最後に失踪してしまう。

伊藤は「コスモポリタン」に２７０億円もの資金を貸し付けていた。追い詰められていた伊藤は、雅叙園観光そのものを手に入れようとする。そこで登場するのが在日韓国人の許永中《きょえいちゅう》。当時は、実業家と称していたが、許は伊藤と並ぶ時代を代表する怪人物だった。「コスモポリタン」倒産後、雅叙園観光を取り仕切っていた許と伊藤は手を結び、雅叙園観光の乱発されていた手形の回収に走る。

伊藤と許とが急接近していたちょうどその頃、伊藤はイトマン社長、河村良彦を紹介される。２人を結びつけたのは、住友銀行栄町支店の支店長、大野斌代《おおのよしのり》だった。

自称〝不動産のプロ〟の伊藤は、すぐに河村を虜《とりこ》にする。人の弱み、人の欲望、虚栄心を瞬時に読み取るある種の〝天才〟を前に、河村は赤子も同然だった。ましてや、およそ1兆3000億円までに膨れ上がった不動産の投融資の処理が焦眉《しょうび》の急だった河村ならば、尚更だった。

伊藤に魅せられた河村は、伊藤を副社長でイトマンに招こうとした。しかし、実績も経歴も定かでない人物の、いきなりの副社長就任にはさすがに住友銀行から待ったがかかる。両者の妥協の産物が、伊藤の不動産担当常務就任だった。こうしてイトマン、住友銀行は泥沼に引きずり込まれていく。

しかし、それは表層的な結果の話であって、その本質はみずからの地位、名誉、権力にしがみついた磯田一郎の転落であり、河村良彦の転落であり、そして磯田らをそうした地位に祭り上げた住友銀行の体質だった。

「住友は大丈夫なのか?」

旧知の土屋弁護士、そしてイトマン社内の愛人から伊藤の存在を聞かされた國重は伊藤の背景を調べ始め、すぐにその闇の深さを知ることとなる。

「伊藤のバックに山口組の××がいるという話がすぐに入ってきたんだよ」

國重は当時を振り返りながら、話す。不思議なのだが、國重が実名を憚《はばか》った人物は、経済ヤクザの代名詞として広く世間に知られ、後に神戸市内のホテルで暗殺された山口組若頭、宅見勝《たくみまさる》なのだが、國重は今もその名前を口にするのを恐れているようで、決して実名を口にすることはなかった。あれほど剛胆な國重が今もってすでに亡くなっている宅見の実名を恐れているのは奇妙だった。

國重が大蔵省銀行局長、土田に告発文を送る直前のことだ。國重は平和相互銀行合併の同志とも言うべき川崎定徳社長、佐藤茂、そして側近の桑原芳樹の2人が磯田を訪ねてくることを知る。

「磯田さんを訪問するからって聞いて、佐藤さんに電話したんだよ」

國重が電話すると佐藤は挨拶もそこそこに奇妙なことを言い出したという。國重の電話に佐藤は、磯田に観音様の仏像を進呈するんだと話した。

「佐藤さん、観音様って何なの?」

佐藤はかつての同志の声に懐かしげな声で答えた。

「いやね、今の磯田さんには、観音様が必要かなって思ってね」

「ただそんな用事だけですか？　水臭いですよ」

会話はこんな他愛もないもので終わった。國重が電話を切ると、すかさず佐藤の側近、桑原から電話がかかってきた。

「國重さん、住友（銀行）は大丈夫なのか？」

のっけから桑原はこう言い立てた。どこか抜き差しならぬ雰囲気があった。

「どうしたんですか？　佐藤さんは、磯田に観音様の仏像を持って行くなんて話してるし……」

するとと、桑原は意外な名前を口にした。

「國重さん、あんた、今度、イトマンに入社するっていう伊藤って男を知ってる？　こいつとんでもない奴だよ」

國重はよもや桑原の口から伊藤の名前が出るとは思ってもみなかった。

思わず、

「桑原さん、伊藤を知っているの？」

國重の問いに「知っている」と答えた桑原は、こう続けた。

「河村が伊藤を役員として迎えるという話を聞いて、それをやめさせるために佐藤と磯田さんのところに行くんだ。観音様？　ああ、それは持って行くけども、単なるレプリカだな」

先にも述べたことだが、「岩間カントリークラブ」を手がけていた平和相互銀行傘下の岩間産業。平和相互銀行が住友銀行に買収された後、この岩間産業の社長には佐藤茂が就任していた。2ヶ月後、同社は東京佐川急便に買収される（岩間開発に改名）。そして、その3年後、岩間開発は第三者割当増資を実行。結果、筆頭株主となったのが不動産開発会社「北祥産業」、つまり暴力団「稲川会」会長、石井進が代表を務める会社だった。

金融当局が平和相互銀行に手を付けようとした理由の1つが、融資先に暴力団関係の会社が多かったことだ。事実、住友銀行への合併にはそうした暴力団関係者らはこぞって反対した。その矛先は大株主、佐藤茂に向かった。なぜなら、住友銀行に合併されてしまうと平和相互銀行のように自分たちの〝打ち出の小槌〟になってはくれなくなるからだ。暴力団から佐藤茂の身を守ったのが、稲川会会長の石井だった。佐藤は石井に深い恩義を感じていた。佐藤や桑原が、主に関西で暗躍していた伊藤の素性を知り得たのは、石井からの情報によるところが大きかった。

事ここに至り國重は確信した。伊藤には、致命的な問題があると。旧知の弁護士情報、愛人から得たイトマンの内部情報、そして桑原、佐藤から得た情報。何より、桑原、佐藤は〝裏社会〟の情報にも精通したプロだ。その桑原、佐藤が〝危険〟だとレッテルを貼る伊藤。そんな伊藤を素人の河村が使いこなせるとはとても思えなかった。國重は即座に動き、伊藤周辺の情報を掻き集めはじめる。実質的な〝國重のイトマン事件〟は、ここから始まったとも言える。

天皇の秘書

そして、もう1つ。イトマン事件の水面下で國重個人にも大きな変化が生まれる。それは、國重の人生を大きく動かすこととなる女性との出会いだ。國重には、住友銀行の有力取引先でもある中堅ゼネコンの創業家出身という妻がいた。そして、イトマン事件の有力な情報源でもある愛人との関係も続いていた。

そこにもう1人の女性が登場するのだ。正確に言うならば、イトマン事件が世間を騒がす2年前、國重が渋谷東口支店長を終え、本店に帰って来た時だった。

相手の女性は、当時、住友銀行の〝天皇〟とも言われていた会長、磯田一郎の秘書だった。数人いる秘書の中でもその女性Mは、ことの外、磯田の寵愛を受けたがゆえに、彼女を通さねば磯田に会えないという噂がまことしやかに囁かれていたほどだった。それゆえ、幹部の間では彼女は〝女帝〟とも呼ばれていた。

國重は、とある日、このMとたまたまエレベーターで乗り合わせる。Mは20代後半、眩《まばゆ》いほどに美しかった。

「あの時ね、同じエレベーターに乗らなければ僕の人生も、彼女の人生もまったく違ったものになってたんじゃないかと思うんだよ……、だから人生は面白いんだろうけども……、うーん、面白いんだけどね……」

言葉を呑んだまま押し黙った。國重の脳裏に、三十数年前のその日、住友銀行本店の風景が甦ってくるのだろうか。

エレベーターで一緒になった秘書のMを食事に誘った。國重とMとが男女の関係となるにはさして時間はかからなかった。Mは國重が家庭を持っていることは知っていた。國重は離婚をするとも話していた。それを信じた。2人は、東京・神楽坂に密会の部屋を借りた。名義は國重だった。籍を入れたのは、2人の間に2人目の子供が誕生した直後だった。

その間、２人はお互いの関係が明るみに出ないように極力気をつけた生活を送った。國重の離婚は成立し、２人は西麻布で新しい生活を始めた。

Ｍは住友銀行を退職するまで、國重の有力な情報源の１つでもあった。國重は、磯田の部屋のカラクリも彼女から教えてもらった。

カラクリとはこういうことだ。

秘書室には会長、磯田がどういう状況にあるかを知らせるランプがあった。それは役員ごとにもあり、訪ねてくる者の目には、その役員が在室しているのか、外出しているのかなどが一目瞭然だった。役員室を訪ねることが多かった國重は、見るとはなしに、役員室を訪ねる度に磯田のランプを見ていた。そのランプにはいつも⑥が点滅していた。⑥は「別室でお客様と応接」というものだった。

それを見る度に、

「流石、磯田。いつも誰かと会っているんだ」

と國重は思っていた。他の行員たちも恐らくそうだったに違いない。けれども、事実は違った。磯田が自室で１人、昼寝をしている時でもＭは、「自室に在室」を意味する①を点滅させなかった。意図的に⑥を点滅し続けたという。Ｍは磯田を敬愛していた。磯田が老いたと思われることのないよう心を砕いていた。Mにとり、磯田は父のような存在だった。

Mを通じて〝天皇〟と言われる磯田らと酒食をともにすることも増えた。まだ40代前半の國重だったが、國重の名前を知らぬ幹部は1人もいなかった。もちろん、磯田も國重の名前をしかと覚えていた。初めて宴席が同じになった時、磯田は國重を見下ろすようにこう言ったものだった。磯田は身長が高かった。どちらかといえば背が低い國重と並ぶと、どうしても磯田が見下ろすような格好になってしまうのだった。

「MOF（MOF担の意味）の時はご苦労だったね。君の活躍のお陰で我が行はどれだけ助かったか。いや、武勇伝は松下（武義。常務）からもよく聞いてるよ」

当時、まだカラオケは一般的ではなく、座敷にギター弾きがやって来て歌を歌うようなところがあった。M経由で何度かそうした場で秘書たちに囲まれて和やかに振る舞う磯田を間近で見てきた。それが住友銀行だけでなく、金融界でも〝天皇〟と呼ばれる男の姿なのかと思った。國重の目には〝老いた老人〟にしか見えなかった。

権力者の驕り

幹部候補とはいえ、40代の國重では窺い知ることのできぬ磯田を取り巻く人間関係も、Mからの情報で手に取るように理解できるようになっていった。そうした磯田を取りまく人間関係が、イトマン事件の土壌になったと國重は思っていた。

「やっぱり磯田が偉くなりすぎちゃったんですかね？」

「そうだね……、当時の僕の目からはただの老人だった。だけども、ただの老人なら問題はないけども、磯田はただの老人ではなかったからね……」

「住友の天皇だった」

「そう。磯田の威を借る輩が跋扈して……、言い難《にく》いことなんか言わないわな、そうした奴らは」

國重は当時、副頭取として飛ぶ鳥を落とす勢いだった西貞三郎を嫌っていた。商業高校出身者としては、異例の出世をした西。その背後で西を取り立てたのは磯田だった。毎日のように、副頭取の西の部屋の前には、西に面会を求める者たちで長蛇の列ができていた。

行内ではそれを〝大名行列〟と呼んでいた。

西副頭取の背後に磯田会長がいる。事実、西は次期頭取候補とも取り沙汰されていた。西の周りには茶坊主のような幹部らが群がった。國重の耳に、同期の人間が西に盆暮れの付け届けをしているという話が耳に入った。同期のよしみで聞いてみると、噂は事実だった。

「國重、お前も西さんには何かしておいた方がいいぞ」

悪気なくその友人はこう言った。しかし、それを聞きながら國重は抑えがたい怒りを感じていた。

「俺は西なんて奴は大嫌いなんだ」

こう言うと、磯田の秘書Mは目を丸くして驚いた。西は磯田お気に入りのMを磯田同様に可愛がっていた。

「へー、西さんを嫌いな人が住友にもいるのね？　出世したいならば西さんに取り入っていればいいいじゃない？」

「俺はそういうのダメなんだよ。嫌いとなると嫌いなんだよ」

西とともに、國重はやはりイトマン社長の河村のことも、西ほどではなかったが好きになれなかった。２人とも國重には不潔な臭いが立ち込めていた。

「でもさ、國重さん、結局は磯田が河村や西を切れなかった。磯田も追従《ついしょう》とわかってても、どんどん裸の王様になってしまったということですよね。それに尽きるんじゃないですか」

「そうだね……。磯田さんは、絶対的な権力者だったから。本人もそれをわかった上で楽しんでいるようなところもあったし……」

「そう言えば、國重さん、松下さんがこんなことを言っていましたよ」

こう言って、かつて松下武義から聞いたエピソードを國重に伝えた。

こんな話だった。

松下は河村、西を危険な存在であると嫌っていた。下品な仕事の仕方も嫌悪していた。だから、事あるごとに磯田に言っていた。

「気をつけないといけない」

と。しかし、磯田はこうした松下の諫言《かんげん》を余裕で受け止めながら、心配はいらないとばかりに言うのだった。

「松下な、あの２人はこうなんだよ」

磯田は、自分の右手の掌を上にして、小さく左右に振ってみせた。磯田は松下に、河村も西も自分の掌の上で踊らせているんだと言いたかったのだろう。

しかし、それこそが権力者の驕《おご》りだったことを磯田は後に知らされることになる。

「松っちゃんが、そんなこと話してたんだ？　松っちゃんは色々言われるけれども、根は単純だし、まともなんだよ」

松下は徹底的にイトマンへの融資に異を唱え続けた。結果、磯田から申し渡されたのは系列金融機関への異動だった。それを拒否した松下は、海外赴任を甘受、イトマン事件の最中に米国へ飛ばされる。

ピンクの屋台

平和相互銀行合併を手がけた國重は、一般の銀行員が知ることもない闇の世界への土地勘も持っていた。そうした國重だからこそ、イトマン事件で怯《ひる》むことなく邁進《まいしん》することができたとも言える。

メディアを利用しては金融当局、検察に働きかけ、その一方で銀行内部の人間を鼓舞し、結果として伊藤と許を葬り去った。内部の血も流れた。磯田は一線から身を引き、西も権力を失った。金融当局からの管理銀行という危機は、一応、住友から去っていった。

「國重さん、やっぱ並の銀行員じゃできないですよ。イトマンで忙殺される一方で、Mさんとの間に子供もできるし……普通に考えただけで大変さえを通り越してる……」

「そうね」

國重は少し考えるような風をしたものの、

「そうね。でもしょうがないな－……こうしか生きられないからね……」

國重は奇妙なほどに可愛げがある。俗に憎めないと言われる人間だ。國重自身が、男は愛嬌を公言するように、それがたとえどんな苦境であっても、表情のどこかに笑みが浮かぶ。また、一介のサラリーマンには、考えもつかぬことをいとも簡単にやってみせ、それでいて平然としている。誇るわけでもなく、自慢するわけでもない。國重にとり、すべてが当たり前のことなのだ。

イトマン事件に奔走する中、國重の姿が度々目撃されたのは東京・西麻布だった。なぜ西麻布だったのか？　國重はいたずらっ子のような表情で言うのだった。

「聞きたい？　何していたか」

國重はイトマン事件の最中に、西麻布で〝屋台〟を出し、そこでイトマン関係者と会っていたのだ。

「屋台？　なんですか屋台って？」

平和相互銀行との合併を成し遂げた國重は、翌年の昭和62年（1987年）に渋谷東口支店の支店長となる。そして、およそ1年後、再び本店に戻る。ちょうどその頃、屋台で呑むのが好きだった國重は、屋台好きが高じて屋台を開くことになった。パートナーは、行きつけだった屋台で知り合った大手商社の女性社員。彼女も変わっていたが、歯科技工士の旦那とともに、実質的に屋台を切りもりしてくれた。

國重が浅草の合羽橋《かっぱばし》に行って〝屋台〟を購入してそれを西麻布に運んだ。港区の保健所に行って「移動営業（引車）」の許可も國重の名義で取った。屋台を引いたのは、富士写真フイルム（現、富士フイルム）の旧本社前、日赤通り商店街の入り口だった。近くに公衆便所もあり、場所としては最高だった。

屋台で出す料理などはパートナーの夫婦が用意した。ピンク色に塗った〝ピンクの屋台〟は目だち、流行《はや》った。

「國重さん、屋台？　何でなんですか？」

こちらも笑いを堪《こら》えながら聞くしかなかった。

「別にこれっていう理由はないのよ。ただ、屋台で呑むのが好きだったから……それでやってみようかってことになって……」

「でも、國重さんは銀行員でしょう？　しかも、イトマン事件で忙殺されてるわけじゃないですか？」

「まあ、そう言われればそうだけど……」

國重はこの屋台でイトマンの役員秘書などとも会っていた。彼女を通じて、メディアでは報じられていない情報も國重は得ていた。しかし、住友銀行の伝説のＭＯＦ担であり、平和相互銀行合併の功労者であり、有力な頭取候補である一方、〝枠〟からはみ出た銀行員であり、〝危険な〟銀行員でもあった。

そんなもの

こんな場面があったと國重が回想したことがあった。

それは、磯田の退任はもちろん、河村の逮捕に始まり、関係者らが逮捕され、一応、イトマン事件が終息して数ヶ月が経過した頃だった。國重は、イトマンの不良債権処理をしていた住友銀行融資第三部長、吉田哲郎とともに東京・紀尾井町の料亭「藍亭」（現、監泉）に呼ばれていた。國重らを接待したのは頭取、巽外夫だった。

「今回の國重君の奔走には感謝する」

こう言って、巽は机に手をついて頭を下げた。

最高権力者である頭取から頭を下げられた國重は一体それをどう思っていたのか？

「平和相互銀行の合併といい、イトマンの処理といい、國重さんの前途は順風満帆じゃないですか？」

國重は本当につまらないと言わんばかりの表情を作った。

「なんか悪いこと言った？」

筆者の言葉に國重は首を振っては、

「そうじゃないんだよ」

と言って、当時をこう振り返ってくれた。

当時、住友銀行はイトマンの不良債権の処理をするための受け皿会社をいくつか作っていた。國重は、その1つに出向することを強く希望していた。その会社は名古屋に設置され、主に伊藤寿永光、許永中に食い物にされ、数千億円が闇に消えたと言われる絵画取引の中心になっていた会社だった。國重は、この会社に出向いて、伊藤や許と対峙してみたかった。それを想像するだけで國重の気分は昂揚した。

しかし、銀行はそうした〝危険な行員〟を望んでいるわけではなかった。國重は感謝する頭取、巽にこう言っている。

「自分の強みは官庁への太いパイプと闇の勢力の情報です。その強みを受け皿会社で生かしていきたいです」

堂々と言う國重に、巽はちょっと困った表情を見せながらこう返事をした。

「そうは言うけども、頭取になる人間にはそんな情報なんか必要ないんだよ。そんなものは副頭取までなんだよ、國重君」

巽にとり、〝闇の勢力の情報〟などは、所詮《しょせん》、〝そんなもの〟だったと國重は即座に理解した。そして、口にはしなかったが、巽が言う〝そんなもの〟のお陰でイトマンは、いや住友銀行は助かったんじゃないか、と。

結局、國重の希望は叶えられることはなかった。國重に下された辞令は、本店営業第一部長というものだった。赴任地は大阪。イトマン事件から住友銀行を救った男に報いるとは到底、思えぬ人事だった。

「闇の勢力とか言うから、危険人物って思われたんじゃないですか？」

「ウーン……」

國重は一瞬、言葉に詰まったものの、

「そうだろうね」

「腹がたったでしょう？　承服しかねる人事なんだから」

「しょうがないんだよ。コップの中だけの世界で終わっている人たちはコップの中の世界で良いんだよ」

「國重さんは、コップから溢れてしまった人だから……」

國重は曖昧な表情のままだった。

１９９３年（平成５年）、國重は丸ノ内支店長に任命された。翌年、取締役にもなった。同期ではいち早く取締役となった３人のうちの１人だった。しかし、その後、日本橋支店長を経て、國重は住友銀行から放り出される。住友キャピタル証券の副社長という辞令を受ける。

すでに触れたように不倫をし、不倫相手との間に子供までもうけていたこと、その不倫相手が磯田の元秘書であったことなどが、巽を激怒させたという。ある住友銀行幹部が國重と磯田の元秘書が、子供らと一緒に過ごしているところを隠し撮りし、その写真を巽の自宅に送ったのだった。

銀行しか知らぬ國重に証券会社での仕事などなかった。

「毎日が日曜日みたいなもんだったかな。本当に仕事はなかったから……」

國重は毎日午後5時になると会社を後にして彼女が待つ自宅に帰っていった。帰っては子供をお風呂に入れるのが國重の〝仕事〟だった。

危険な行員

國重という存在がなかったら、イトマン事件の在りようは、まったく別のものになっていたのではないか。

國重の目には住友銀行は炎に包まれた館だった。

しかし、火の手が回っているにもかかわらず、誰もがその現実から目をそらし続けていた。

元凶は〝住友銀行の天皇〟とまで呼ばれていた磯田であり、その磯田に忖度《そんたく》する、あるいは利用する幹部らだった。

名実ともに住友銀行を日本一の銀行にした磯田は、その豪腕をもって銀行に君臨した。その磯田の寵愛を受けた1人が商社「イトマン」に送り込まれた河村だった。

河村は赤字経営に苦しんでいたイトマンを磯田ばりの辣腕《らつわん》で瞬く間に建て直す。しかし、それは表面的な数字合わせであり、その内実は無謀な不動産投資によって巨額の不良債権を作り続けていた。しかも、こうした不動産投資に加え、巨額の絵画取引にのめり込んでいったイトマンは、ここでも巨額な赤字を作り出していた。

しかもこうした取引を牽引していたのが、伊藤寿永光や許永中といった得体の知れない人物たちだった。絵画取引の最深部では磯田が溺愛していた長女まで関わっていた。

伊藤らに食い物にされ、巨額な赤字を垂れ流し続けるイトマン。そのイトマンに磯田の言うがままに資金を提供し続ける住友銀行。しかし、銀行の幹部らは見て見ぬ振りをした。

國重は、そうした銀行の在り方が気に入らなかった。本当に住友銀行は潰れるかもしれないという危機感も、國重の背中を押した。

いち銀行員にすぎぬ國重が大蔵省銀行局長宛に告発文を送る。メディアに接触しては内部情報を流す。捜査当局である東京地検特捜部の検事に接触する。

國重の行動は、明らかにサラリーマンの領域を逸脱していた。後に〝危険な行員〟のレッテルを貼られる國重だが、こうした無謀な行為がなければ、住友銀行、そしてイトマンの病巣を取り除くことはできなかったのも間違いない。

もちろん、平和相互銀行合併工作で大蔵省、日銀、東京地検特捜部の検事らと丁々発《ちょうちょうはっ》止《し》の交渉をし、〝闇の勢力〟とも対峙した國重。この経験なくしてイトマン事件での暗躍はなかった。平和相互銀行合併工作の成功の経験があればこそ、國重をしてイトマンに巣食った魑魅魍魎を追い詰めることができたのだ。

終章

ラストバンカーになれなかった男

三井住友銀行の初代頭取となった西川善文

けもの道

春から初夏に向かっていた。その日も赤坂に國重を訪ねた。部屋の乱雑ぶりは相変わらずだ。部屋にはやはり、微かな尿の臭いが漂う。國重はといえば、酷く汚れてはいたがお気に入りだった赤のダウンジャケットを脱ぎ、Tシャツ1枚のリラックスした姿になっていた。お決まりのように、部屋をざっと掃除して、國重の近況を聞く。

元気に過ごしていたという國重は、やたらと「仮想通貨」に強い関心を持っていた。聞けば、政治家、二階俊博の周辺で「仮想通貨」市場に乗り出そうとしている人間たちに会い、知恵を授けているとも話していた。

「へー、國重さん、仮想通貨の仕組みとか理解できているんですね。たいしたもんじゃないですか?」

國重は筆者の言葉をバカにされたと思ったのか、ややムッとした表情になって、

「俺にだって仮想通貨ぐらいはわかるよ。元銀行家なんだよ、これでも」

と口を尖らせた。

そして、國重が最近、接触を繰り返している人間としてあげた名前は、1人は大手消費者金融に深く関与している人物であり、もう1人は何でもダボハゼのように利権にすることで有名な政治家だった。いかにも怪しげだった。

「國重さんは、こうした輩は好きですよね。銀行の時代から変わらないですよね」

「面白いからね。普通のサラリーマンとは違って……」

「やっぱ色々動いてるのは、カネなの？　Mさん（國重の元妻）への（慰謝料の）支払いも大変だもんね」

國重はその通りと言わんばかりに、小さく頷いていた。

「必要なんだよね。ほら、Mちゃんは、厳しいからさ、少しでも遅れたら弁護士からギャンギャン言ってくるんだよ」

こう言って苦笑いしながら、國重は何としても元妻への送金をせねばならないと思っていたようだった。その額毎月200万円。尋常な金額ではない。普通の人ならとても工面できない金額、ましてや身体の自由が利かなくなっている今の國重が、どうやって毎月200万円もの大金を調達するのか？　そう思えば先にあげた怪しげな人物たちと接触するのも致し方ないかと、納得する以外ないのだが。國重に残されたのは〝けもの道〟なのだ。

その道に縋《すが》って生きることしか國重にはもう残されていないように思える。本人がそれを自覚しているかどうかは別ではあるが。

國重が個人として支払わねばならないカネは毎月、ゆうに５００万円を超える。この尋常でないカネを工面せねばならない。普通の人間ならば、絶望してしまいそうな額だ。けれども、國重の口から、そうした言葉、絶望や諦めを臭わすような言葉をついぞ聞いたことはない。

「國重さん、本当にたいしたもんだよね。こんな身体になっても毎月、何百万円もカネを作ってくるんでしょう？　たいしたもんですよ。國重さんじゃなければ、できない芸当ですよ」

するとと國重はじっとこちらを見つめていたが、

「どうやってお金を作ってんですか？」

と聞くと、

「へへへ……」

と言いながら、

「それは秘密だよ」

と笑ってみせた。

そうした國重が背負う、数々の支払いの中の1つに、実母が入院している病院への支払いがあった。大正11年（1922年）3月生まれの國重の母英子は、10年ほど前から鎌倉にある老人養護施設に入所していた。

國重は母英子への思慕を隠そうとはしない。話が肉親、特に母英子に及ぶと、時には涙を流すこともあった。自らの身体の不調、不自由さに触れては、

「まだおふくろが生きているから……、俺が先に死んじゃうわけにはいかないんだよ」

と漏らして、涙を流した。最近は身体の不調もあり、母がいる鎌倉に顔を出せていないことが心にわだかまっているようだった。

西川善文

ひとしきり母の話をしていた國重が、ふとこう話題を変えた。母のことから、思い出したようだった。

「児玉さん、最近、西川さんの様子は何か聞く？　まだ死んだりしてないよね」

國重が口にした西川とは、三井住友銀行頭取だった西川善文のことだ。強烈な個性で三井住友銀行だけではなく、金融界を代表する顔であった西川は、前述した通り、専務であった当時、國重が子会社に飛ばされる時、身体を張って頭取、巽外夫にそれを思い止まらせようとするなど、最後まで國重、そして國重の妻を守ろうとした。

西川の自著『ザ・ラストバンカー』（講談社）にこんな一節がある。

『私が磯田さんの墓参りをしたのは、このときが初めてである。磯田さんの秘書を長らく務めた女性の方がいて、私の元部下と結婚したために親しく連絡を取り合っていたのだが、その方から「磯田さんのお墓参りに一緒に如何ですか」とお誘いがあって行くことにしたのだ。「住友銀行の天皇」とまで言われ、アメリカの金融専門誌で「バンカー・オブ・ザ・イヤー」に選ばれた金融界の大立て者の墓にしては、実に質素なものだった』

この中に出てくる磯田の元秘書が國重の元妻なのである。

西川が住友銀行に入行を決めるきっかけとなったのは、磯田だった。面接に来た大阪大学の学生だった西川を住友銀行に強く誘った。また、銀行家となった西川も終生、磯田を尊敬し続けた。生涯、西川の目標は磯田だった。

住友銀行からほっぽり出された國重にとって、西川の存在は何よりも強力な守護神だった。楽天入りした國重の背後には、いつも西川という後光がさしていた。

その西川がアルツハイマーに冒されたのが２０１４年（平成26年）のことだった。ある月刊誌に筆者は次のような原稿を書いた。

『静かに一つの時代が終わろうとしている。

「ラストバンカー」と異名を取った辣腕金融マンで、三井住友銀行頭取や日本郵政社長を歴任した西川善文が、アルツハイマー病による認知症に冒された。

１９３８年（昭和13年）生まれでまだ70代半ばだが、異変のきっかけとなったのは昨年4月、長年連れ添った妻晴子を亡くしたことだった。異様とも思えたのは、その情報を一切外に漏らさなかったことだ。西川が愛してやまなかった古巣、旧住友銀行の多くの関係者さえも後日知らされて慌てふためいたほどだ。

本誌が知るところでは、西川は住友銀行の最前線に立ち続け家庭では苦労をかけた妻を「バンカー西川の妻」ではなく、「西川善文の妻」として見送りたかったという。

異変が起きたのは妻の葬儀を終えたあたりからだったようだ。昨年夏、西川が懇意にしている外資系証券会社の幹部らが彼を囲むゴルフコンペを開催した。長い付き合いでもあり軽口を叩き合えるこの会を西川は愉しみにしていて、毎回欠かさずに顔を出していた。ところが、出席はしたものの、西川は往年の生気がなく、ビールに唇を湿らす程度で早々と姿を消した。弱々しい姿に幹部等はショックを受けたという。(中略)

國重が住友銀行本体から体よく追い払われ、傘下の証券会社に転出する際、西川は國重を守れなかったことを詫び、そして号泣したという。

後に國重が楽天に入社すると、当時、三井住友銀行頭取だった西川はあまたの有力取引先からの社外役員要請を断わり、楽天証券の社外取締役だけ受けて國重に報いた。楽天証券役員会には必ず顔を出し、國重や三木谷浩史社長とともに鰻を食べた。愛弟子國重の不名誉な墜落を、今の西川が知ることはもうないだろう。不幸中の幸いとも言えるが、余りに寂しい幕切れではないか』

國重の不倫騒動が週刊誌に書かれた後に書いたものだ。

最大の庇護者

ここにも書いた通り、西川はどんなに忙殺されていても毎月25日の楽天証券の役員会には毎回顔を出し、その後、國重、三木谷とともに鰻を頬張るのを愉しみにしていた。それは、國重を守れなかったことへの西川の贖罪《しょくざい》でもあったのだろうか。

西川は間違いなく國重の最大の庇護者だった。國重の後ろには、三井住友銀行の西川がついている、これはある種、水戸黄門が掲げる葵《あおい》の御紋が入った印籠と同じだった。

それだからというわけではないが、西川の凋落と歩調を合わせるように國重も墜ちていった。

西川の庇護を受け続けた國重が、アルツハイマーとなり入院生活を続けている西川を気にかけるのは当然だった。

「西川さんはどうしてるのかな？」

國重によれば、西川はいつの日か自分が認知症になるのではないかということを酷く気にかけていたという。

「西川さんは、自身の父親が認知症になっていたことと、親族にも認知症になった人がいたことから、もの凄く認知症になることを恐れていたんだよ」

「遺伝ってことですか？」

國重はしかつめらしい表情で頷いてみせた。

「そう。西川さんは本当に怖がっていたんだ」

西川は零落した國重の姿、境涯を知ることはなく東京都下の病院で余生を送っていた。

「頭を高くするな」

1997年（平成9年）、「エム・ディー・エム」として創業した楽天だが、そのビジネスモデルを大きく転換するきっかけとなるのが2004年（平成16年）に國重が社長を務めていた「DLJディレクトSFG証券」（現、楽天証券）の買収であり、金融分野への進出だった。三木谷は実質的な証券会社とともに、國重の背後に控える西川も手に入れたことになる。西川の存在は絶大だった。

同年、楽天の名を名実共に全国に知らしめることとなるプロ野球への参入を果たす。その際、日本プロ野球機構に球団を持つ場合の経営諮問委員会のメンバーが提出されている。いわば、三木谷の身元保証人だ。そのメンバーには、西川をはじめ、トヨタ自動車会長、奥田碩《おくだひろし》、みずほコーポレート銀行頭取、齋藤宏、全日空社長、大橋洋治（いずれも当時）ら錚々たる顔ぶれが揃った。もちろん、三木谷の力量もあろうが、方々に電話をしては、メンバーになるよう頼んだのも西川だった。

ある意味、楽天の急成長、急拡大を支えた1人は間違いなく西川だった。西川あっての國重であり、楽天でもあった。その意味で、三木谷は國重に一目置いていた。もちろん、國重自身の力量、人間としての魅力にも三木谷は心寄せるところがあった。ただ、三木谷をはじめとして、楽天上層部の面々よりも年齢的に二まわりほど上の國重に対して、警戒する幹部も少なくはなかった。

「國重さんに転がされないように気をつけないと」

こうはっきりと口にする幹部もいた。

逆に言うならば、MOF担、平和相互銀行事件、イトマン事件と、普通の銀行家では得られぬ尋常ならざる経験、人脈を持つ國重にすれば、三木谷らは育ちの良い〝坊ちゃん〟たちであり、御しやすい人たちに映っていたのか。

「そんなことはないよ。銀行じゃないんだから。初めての分野じゃないですか……」

「西川さんから何か言われてたかって？　それは言われていたよ、何度も」

西川は國重に「頭《ず》を高くするな」と何度も忠告していたという。

「お前みたいな、目から鼻に抜けるような奴は、良からぬ事ばかり考えるから本当に気をつけろって、よく言われてたな」

西川は、平穏を嫌う國重の本質をよく見抜いていた。

小僧呼ばわり

そもそも、昭和43年（１９６８年）に住友銀行に入行し、丸ノ内支店を振り出しにして、米国留学、業務企画部、企画部とエリートコースを歩んでいた國重が、業務企画部に在籍している頃、険しい顔で歩く小さな男に気づく。西川だった。

業務企画部の隣に融資部があり、西川はその融資部次長だった。國重は融資部の人間から西川の人となりを耳にする。國重の記憶に強く残ったのは西川のこんな様子だった。

融資部次長となり部下たちの持ってくる案件に目を通し、決裁する立場にあった西川は、

口をへの字に曲げ、不機嫌そうな表情で、書類に目を通すと、

「こんなもん」

と言ってはその書類を部下に投げつけるように突き返すことで有名だった。

こんなエピソードを聞かされた國重は、

「そんな乱暴な銀行員がいるんだ」

と強く印象に残った。

その後、西川は当時、商社「安宅《あたか》産業」の破綻処理を主導していた副頭取、磯田から直々に命じられて、同社の経営実態調査に携わる。そして、安宅産業の不良債権処理を目的に新設された融資第三部に配属される。〝不良債権と寝た男〟と評された西川の1つの人生の始まりでもあった。

ほぼ同じ頃、國重はMOF担となり、異彩を放ち始める。2人が密に交わるようになったのは、平和相互銀行の合併工作だった。西川は企画部長としてその合併工作に関わった。しかし、磯田の悲願、それを実現させようとしていた取締役、松下、その部下、國重らの水面下の動きを冷ややかに見ていた節がある。

「単純にカネを貸しているより、(平和相互の)合併工作の方が毎日、何が起きるかわか

らなかったから、それは面白かった。まだ39歳で若かったから、何でもできるぞって思ってたし……そうしたら西川さんに廊下で呼び止められて……」

西川は國重を睨みつけたと思ったら、右腕を取って廊下の端に國重を押し込めるようにした。小柄な西川が國重に迫り、言った。

「お前ら、こんなもん（平和相互銀行の意味）を取ってどうするんだ？　お前、わかってんのか、どんだけの不良債権が出ると思ってんだ。支店だってボロ支店を掴まされるぞ。いい加減なことばっかりやってんじゃないぞ」

西川は國重にこう談じ込むや、さっさと立ち去ろうとした。39歳、血気盛んな國重も負けていなかった。

「部長！」

國重がこう大声で呼びかけると、西川は「うん？」といった風情で若いバンカーを見やった。國重は西川に近づくと、小柄な西川の顔に自分の顔を近づけて捲《まく》し立てた。

「こっちだって遊びじゃないですよ。毎日真剣にやってんですよ。文句があるんなら、磯田さんのところに行けばいいでしょう」

気色ばんだ國重の顔を暫し凝視したまま、西川は沈黙した。そして、ニヤリと笑っては、

「小僧、お前なかなか言うな」

と言って國重の前から歩き去った。

湾岸戦争

これを機に、西川は國重を呼び出しては2人で酒を呑むようになった。

西川は國重の度胸の良さ、行動力を買ったが、西川の評価はそれだけではなかった。

例えば、國重が日本橋支店長時代、住友銀行はおろか日本の銀行の中で初めてゲームのソフトを担保にした融資をやろうとした。結局は権利関係などが複雑で頓挫することになるが、こうした発想ができることを西川は評価していた。

またこんなこともあった。

1991年（平成3年）、イラクのクウェート侵攻によって始まった湾岸戦争。軍事派遣のできぬ日本は、翌年、多国籍軍に対しておよそ90億ドル（当時のレートでおよそ1兆2000億円）を拠出することを閣議決定する。

このニュースに反応したのが國重だった。國重は大蔵省で懇意にしていたキャリア官僚に相談、この官僚を通じて外務省北米一課の幹部と面談を繰り返す。國重の狙いは何か？國重が狙ったのは日本から多国籍軍に送られる90億ドルの送金だった。つまり、日本という国家が関与する送金などは従来、慣例として東京銀行が（その前身である横浜正金銀《よこはましょうきん》行時代から）一手に引き受けていた。送金の数パーセントの手数料だけでも相当な金額である。國重はその送金90億ドルの半分を住友銀行でできないかと、大蔵官僚、外務官僚に根回しをしたのである。その甲斐あって、住友銀行は90億ドルの半分の送金を引き受けることとなった。当然、東京銀行は激怒したが、覆《くつがえ》ることはなかった。

西川は國重のこうした発想を愛した。

結婚を祝う会

2005年（平成17年）11月22日、東京・六本木の高級カラオケ店の1室を借り切ってあるパーティが持たれていた。西川が呼びかけて開催にこぎつけた國重夫妻の結婚を祝う会だった。

再婚同士の2人は正式な結婚式をあげていなかったことから、友人、近い人間を集めての披露宴が計画された。音頭を取ったのは、西川善文だった。

計画では東京・紀尾井町にある高級フレンチレストラン「トゥールダルジャン」を貸し切って、招待客100人余りを集めての賑々しい会になる予定だった。招待客には特別に夫人の名前を印刷した日本酒も用意されていた。

ところが……、1ヶ月ほど前のことだった。楽天がTBS（東京放送）の株式15・5％を取得、マスコミは騒然となり、その騒動の余波はその時も続いていた。そんな最中に内々だからとはいえ、三木谷の右腕の祝宴ともなれば、またマスコミが大騒ぎするのは目に見えていた。そうした事情から、この会も大幅に招待者を減らして、目だたぬように行われたのだった。世間の喧噪とは裏腹に、2人を良く知り、この祝いの会を計画した西川は、普段は険しい顔をクシャクシャにして終始ご機嫌だった。その西川の横には、三木谷が座っていた。

住友銀行の銀行家という人生の幕を下ろさざるを得なかった國重の第2幕は、楽天というベンチャー企業での人生となった。

第2幕の幕が上がるきっかけは、國重が「住友キャピタル証券」副社長から社長として就任していた、ネット証券会社「DLJディレクトSFG証券」（以下、DLJ証券）の買収話だった。

ＤＬＪ証券には幾つもの金融機関から買収のオファーが来ていた。時代はネット証券へと大きく舵を切ろうとしていた。ネット証券会社が少ない中、ＤＬＪ証券は業界的には、いわゆる〝出物〟であった。業界最大手、イー・トレード証券（現、ＳＢＩ証券）、投資ファンド、リップルウッド、また日興コーディアルグループなども接触を繰り返していた。

窓口として國重がそうした対応を一手に引き受けていたが、どれも具体化には至っていなかった。なぜなら、大株主、三井住友銀行の同意を、つまり頭取、西川の同意を得なければならなかったからだ。買収交渉をしたい金融機関からのオファーがある度に、國重は頭取、西川に伺いを立てねばならなかった。電話報告を嫌った西川は、國重を大手町の三井住友銀行の古ぼけたビルに呼んでいた。

ある時、國重が、

「西川さん、電話でいいでしょう？」

と言うと、

「横着をするな。忙しい俺が時間を取るんだから、お前が説明に来い。俺は親会社の社長だぞ」

「西川さん、そんなに俺に会いたいんですか……ならば行きますよ」

2人の間ではこんな戯れ言が交わされもしていた。

楽天の社外役員

外資系の投資ファンドは積極的に國重にアプローチしていた。他の金融機関よりも良い条件を提示する会社が現れもしていた。しかし、そうした外資系の社名を聞かされる度に西川の顔は曇った。

「外資系のファンドか……株主に説明するのが難しいんだよな。ハゲタカのイメージが強すぎて……。國重、他のはどうなんだ、お前」

かといって、やはり積極的だったイー・トレード証券についても西川は否定的な言葉を漏らしていた。それは、イー・トレード証券の親会社、ソフトバンクに対する疑念だった。

「あそこはソフトバンクのグループだよな？　ソフトバンクは不透明すぎるんだよ……」

一時期、やはりネット証券の先駆けでもあり、大手である松本大《まつもとおおき》率いるマネックス証券と契約寸前にまでいったことがあった。マネックス証券に対しては、西川も何ら文句をつけることはなかった。ただ、一点、それは國重のことを慮《おもんぱか》ってのことだろうが、株主として注文をつけたのが、譲渡の条件の1つとして國重を松本とともに共同経営者にすることだった。

最後の最後、國重がその条件を出すと、普段は温厚な松本が机を叩いて怒り出すような一幕もあった。結局、マネックス証券との話も流れ、新たな交渉先との交渉を続けていた。

そうした國重のもとに、新たな情報がもたらされる。楽天が興味を持っているようだ、と。

DLJ証券のもう一方の株主「クレディ・スイス・ファースト・ボストン」との契約満了も迫っており、銀行側としてもいつまでも待つというわけにいかなかった。

前年に旅行サイト「旅の窓口」を買収したばかりの楽天ではあったが、三木谷が金融に出たいという強い意欲を持っていることは業界では有名な話だった。三井住友銀行側にすれば、意外なほどに三木谷は積極的だった。買収先は入札によって決められることになっていたが、三木谷の強い要望で、入札前に一度、挨拶をしたいと西川のもとを訪ねてもいた。

西川も、部下から楽天が興味を持っていると聞かされ、

「そうか楽天があったか……そういうところが手を挙げてくれるのか……」

と驚き、そして、顔をほころばせた。

結局、入札の結果、國重が社長を務めるＤＬＪ証券を手に入れたのは楽天だった。入札価格は３００億円。

西川は楽天が落札したと聞かされるや、すぐにみずほコーポレート銀行頭取、齋藤宏に電話を入れ、三木谷の人物評について問い合わせをしている。齋藤から、よく仕事をする男だと聞かされた西川は、その三木谷の人物評をそのまま國重に伝えている。

楽天に買収されたＤＬＪ証券は、社名を楽天証券と改めて再出発することとなった。社長は三木谷が兼務し、國重は三木谷を支える副社長として新たな人生を始めたのだった。

上司となった三木谷は國重を尊重した。同じ銀行業界の先輩であり、國重の伝説は三木谷もよく知っていた。

そして國重に１つの頼みごとをする。

「西川さんにうちの社外役員になってもらいたいんですが、頼んでもらえますか？」

國重は早速、西川に連絡をとった。西川のもとには数多くの大企業から社外役員の話が舞い込んでいたが、ことごとく断っていた。けれども、國重の頼みに西川は二つ返事で、社外役員を引き受ける。ただ、条件が1つあった。楽天本体のそれは難しいが、楽天証券ならば引き受けるというものだった。

「國重さん、今の姿を西川さんに見せなくて良かった？　西川さんが元気ならば國重さんの境涯も変わっていたのかな？　西川さんは本当に國重さんを守ってくれたでしょう？」

國重は、

「そうね……」

と言ったきり黙ってしまった。

繰り返しになるが、楽天で三木谷の右腕として辣腕を振るうことができたのも、國重が財界などで重きを置かれたのも、すべて西川善文という存在があればこそだった。

犯罪の吐露

2019年の8月下旬、近しい編集者から電話を貰った。挨拶もそこそこに彼は切り出した。

「國重さん、どうなってんの？　最近会ってる？　なんだかヤバい臭いがするよ」

その編集者はやや興奮気味にこう捲し立てた。彼は筆者と國重との関係を知っているからこそ、連絡をしてきたのだ。

詳しく聞くと、國重が自身のフェイスブックで不穏なことを吐露しているらしい。國重自身が深く関わった株式市場での犯罪にまで言及しているという。

電話を切り、早速、國重のフェイスブックを開いてみる。書き込みにも少なからず驚いたが、数ヶ月会わないうちにすっかり老人となり、車椅子に座っているその姿にショックを受けた。

今回のフェイスブックの書き込みも露悪趣味の國重らしいものだった。

『僕は完治しない難病に罹患しています。今は車椅子ですが、寝たきりになる前に過去を懺悔して、いつか天国に昇りたいです』

こんな書き出しだった。そして、犯罪の吐露が続いた。その中には、楽天を辞任した後に社長を務めた「リミックスポイント」という会社に関する内容も含まれていた。

果たして國重が発作的に書いたものなのか、それとも意図的に書いたものなのかは不明だ。赤裸々な犯罪行為の告白、当然、株式市場ではリミックスポイントの株価は8％下落した。その翌日には同社の大株主らが買いに入り、同社の株主支配の寡占化が起きていた。この國重の書き込み自体が株価操縦の疑いをかけられるのではないかと思った。國重の名前は、まだ株式市場を動かすには十分なネームバリューがある。何がしかのカネを得るには、國重にはもうこうした手立てしか残されていないのかもしれない。

小説の原稿

翌日、車を東京都下、小平市に走らせた。目指すのは「国立精神・神経医療研究センター病院」だった。進行性核上性麻痺という難病の診断を受けた病院だ。國重が患《わずら》った病は、難病のため治療を受けられる医療機関は限られていた。フェイスブックに老いさらばえた姿を晒《さら》した車椅子に座る國重が纏《まと》っていたのは、医療機関で与えられるパジャマだったからだ。

けれども、受付で告げられたのは、入院患者に國重惇史の名前はないというものだった。受付から國重の携帯に電話を入れた。呼び出し音が響いたが國重が出ることはなかった。

すると、5分ほどして國重から携帯に返信があった。

「どこにいるんですか？　入院していると思ったから小平に来ているんですよ」

國重はどこか息苦しそうな様子で、声がかすれていた。

「そ、そ、そこには……い、いないんだ……よ」

吃音が酷く、よく聞き取れない。

「どこにいるんですか？　大丈夫なんですか？」

「大丈夫……。だ、だ……大丈夫」

「どこにいるんですか？　入院してるんでしょう？　どこの病院？　今、小平の病院に来てるんですよ」

「……」

「國重さん、病院はどこですか」

「い、い……言えない」

「えっ？　言えないって、なんですかそれ？」

「言いたくない」

國重は苦しげであったが、なんとか会話はできていた。この後も、何とか入院先を聞き出そうとしたが、國重はなぜか頑《かたく》なだった。どうして入院先を言えないのか。それとも、言うなと言われているのか？　どちらにせよ不可解な返事だった。埒が明かないので、

「とにかく元気でいてよ」

と言って携帯を切った。

その頃國重が自ら書いた「小説」の原稿が筆者の目の前にある。A4サイズおよそ150枚。タイトルは書かれていないが、あえて名付ければ『小説　イトマン事件』となろうか。國重自身の体験を綴った、言わば『住友銀行秘史』の小説版だ。その冒頭は、こんな書き出しから始まっている。この小説で國重は〝篠山〟という名前で登場する。

『そのホテルは「ホテル六本木」という。六本木通りから、高速道路の下を抜けて3分程歩いたところの薄暗い路地の片隅にある。そこに篠山と美由紀は待っていた。夜の9時。篠山45歳、美由紀27歳の春。丁度、込み合う時間帯で、二人は15分程待って入室した。入口に待つ為のコーナーがあり、そこで15分ほど待たされた。混んでいる。今ではゲーム機やパソコンなどが置いてあり、更にはスマホを使って時間を潰せるけど、二人の会っていた27年前には、そんなものはなく、ただ待っていた。その15分が二人の情欲に火を点けた

のかも知れない。痴態はいつもより激しかった。

「美由紀愛してる。お前がいなかったら、生きていけないよ」

と言いながら、篠山は、美由紀の体を舐めまくった。その都度、美由紀は激しく反応し、体を預けてきた。美由紀の体は若い女性特有の匂いがして彼を夢中にさせた。

(中略)

「美由紀、お前に頼みたいことがあるんだ」

と言う。隣で美由紀が気怠そうな声で、

「なあに?」

「お前の会社のロゴの入った封筒と便箋を出来るだけ多く持って来て欲しいんだ」』


平和相互銀行の合併の舞台裏で暗躍し、行内での評価をあげた國重にとって、イトマン事件は、また与えられた〝玩具〟だった。

ウソのような冗談のような話なのだが、國重は、与えられた課題を常人がやるように正面から取り組むことを潔しとしなかった。それだけの能力が、國重には与えられてもいた。しかし、それは真っ当な銀行業務からは逸脱した〝けもの道〟を歩くことを意味していた。

本当のラストバンカー

國重はこの小説を出版社に売って一儲けを考えていたようだ。読んで非常に意外な思いをした箇所があった。

それは最後の部分だ。女性問題で頭取の怒りを買い、傍流の証券会社に飛ばされたことへの恨み言が書かれていた。

『篠山の場合は自業自得である。しかし、彼は釈然としなかった。「自分がいたからこそ、銀行は破滅の淵から立ち直ったのではないか。それなのに、たかが女の問題くらいで、追放するなんて酷いじゃないか」

たかが女の問題ではない、ということを彼は理解していなかった。たかが女の問題ではない。篠山のようなケースを許したら、銀行として組織がもたない。篠山は「俺だけは別だ。俺だけは許される」と思っていた。結局彼は、山中会長（磯田一郎がモデル）と佐藤社長（河村良彦がモデル）が歩いたと同じ道を歩いたのであった』

國重は住友銀行を追放された我が身をこう総括してみせた。國重は、その後、楽天に移り、それはそれで活躍の場を見つける。けれども、國重はどこまでも住友銀行の銀行員だったということなのだろうか。

『住友銀行秘史』には、住友銀行から放り出された部分を次のように淡々と書いていた。

『93年に丸の内支店長、94年に取締役になり、取締役になったのは同期で一番早い3人の一人だったが、私はいち早く住銀から去った。97年に住銀が出資している住友キャピタル証券の副社長となったのだ。体よく出されたということだ。格好をつけるわけではないが、半ば自分で住銀から出ることを選んだ面も大きかった』

國重が丸ノ内支店長を拝命した時の正式な辞令書を、今も持っていることを先に書いた。実を言えば、國重が持っていた辞令書は丸ノ内支店長のそれだけではなかった。

國重は「渋谷東口支店長」の辞令も、企画部次長の辞令も、頭取の特命事項を専任する渉外部部長代理の辞令も、すべて大切に保管していた。まだ、國重が酒を呑み、快活に笑っている頃、冗談とも真剣ともつかぬ口調で言っていたものだ。

「西川さんの次は俺なんだよなー。俺が本当のラストバンカーなんだよ」

俺が本当のラストバンカーとは、どういうことだったのだろうか。

コップから溢れた水

國重に改めて聞いたことがある。國重が住友銀行から外に放り出された時のことを。

「國重さん、本当に愛人問題で外に出されたんですか？　それが原因だったんですか？」

ＭＯＦ担として多大な貢献をし、平和相互銀行問題では水面下での國重の動きなくして合併はありえなかった。ましてや、イトマン事件では頭取自らが頭を下げ、その労をねぎらったように國重の働きが銀行を救いもした。それが愛人問題だけで、これほどまでの左遷を受けるものなのか？

「國重さん、どうなんですか？」

「そうだね……」

と、國重はあっさりとこう言った。

「口実だったんだと思うね……やっぱり、危険な銀行員だったんだろうね。何考えているかわからないところはあるし、危ない人でも平気で会ったりしちゃうから……銀行としては、困った存在だったんじゃないかな」

國重はどこか冷めたような物言いだった。たしかに、時間は過ぎていた。彼が銀行を離れてから、もう20年以上が経っているのだ。

「やっぱり國重さんはコップから溢れちゃったのかな」

國重はニヤリと笑った。

「……コップには入る限界があるからな……」

國重はイトマン事件において、不良債権の処理を済ませるだけで問題の幕引きを図ることをよしとしていなかった。未来につながる落とし前の付け方を模索し、1つの答えを見つけていた。そしてそれを実行することこそ、真の住友の再出発だと考えていた。

國重は日本の企業風土が抱える問題の1つ、つまり銀行のメインバンク主義に風穴を開けたいと考えていた。イトマン事件はその格好のチャンスだった。企業に非常事態が起きれば、その対策をメインバンクが考える。それが企業の自立、真の成長の機会を損なっているのではないかと。

ゆえに國重は、住友銀行を救うためにも真の再生のためにもイトマンに会社更生法を適用すべきだと幹部、頭取にも話し、役員会でもそれが了承されていた。住友銀行が系列のイトマンに対し、会社更生法を申請する手続きはすべて整っていた。日本の金融機関、しかも都市銀行の雄である住友銀行がイトマンに対し、会社更生法を申請する。金融機関はおろか、株式市場も混乱するかもしれなかった。

しかし、國重は信じていた。これが住友銀行を改革することなのだ、と。これがもたれ合いの企業風土を変えるきっかけになるのだ、と。頭取以下、幹部も皆それを了承していた。國重の気分は昂揚していた。明日は、歴史的な一日になる。その扉を自分が開く。新しい住友銀行の誕生に立ち会える。しかも、中心人物として。

1990年（平成2年）11月9日、大阪地裁での手続きを終え、國重はその足で飛行機に乗り、夜、「東京プリンスホテル」最上階のスイートルームを目指した。そこには、最終的な判断をするために頭取以下、幹部が固唾《かたず》を呑んで國重の到着を待っていた。

「明日、会社更生法を申請します」

静まり返った部屋に國重の声だけが響く。

と、右手をあげて國重を制するように頭取の巽が声を発した。

「ちょっと、待ってくれ、國重」

國重は反射的に巽を睨《ね》めつけるように、

「なぜですか、頭取」

声は険を含んでいた。國重はこみあげるもの、それが怒りなのか、悔しさなのか、諦めなのか、自分でもはっきりとわからなかったが、声を張り上げていた。

「なぜですか、頭取。あれほどもう気は変わらない。必ずやると念押ししましたよね……頭取、なぜですか？」

巽は、慮れよというような視線を國重に送りながら、

「理由は言えない」

と絞り出すだけだった。

國重は白くなるほど拳を握りしめていた。

「役員の人はなぜ黙っているんですか？　なぜ何も言わないのですか？」

暫しの沈黙が続いた。それを破ったのは國重だった。

「僕は不愉快です」

こう告げるや、スイートルームの扉を蹴破るように開けると赤い絨毯を1人歩いた。エ

レベーターまでこんなに長いのか、と思いながら國重は1人歩いた。

住友銀行を救った國重のイトマン事件はこうして終わった。ある意味、國重の銀行員人生もこの時に終わったのかもしれない。

その後、イトマンは住金物産（現、日鉄物産）に吸収合併される。

「國重、待ってくれ」

國重は赤い絨毯を踏みしめ、まっすぐに歩き続けた。エレベーターホールがこれほど遠く感じたことはなかった。

後ろから國重を呼びとめる声が廊下に響いた。

「國重……、戻ってこい」

声の主は西川だった。しかし、國重は立ち止まることも、振り向くこともなかった。

結局、土壇場で頭取以下、銀行の上層部は日和《ひよ》った。イトマンへの会社更生法を適用させれば、これまで知られることのなかった、銀行にとってどんな不都合な真実が出てくるかわからなかった。それは、更に住友銀行を窮地に追い込むかもしれなかった。しかし……と、國重は思っていた。しかし、とことん膿を出さねば、徹底的に病巣を取り除かねば住友銀行は根本から変われない。國重はそう信じていた。その最後の外科手術が、イトマンに会社更生法を適用させることだった。

「國重、待ってくれ」

と土壇場で掌を返した巽の表情が浮かんだ。と同時にまた怒りがこみ上げてくる。けれども……、平和相互銀行合併の功労者の1人であろうと、イトマン事件から住友銀行を救った最大の功労者であろうと、國重がサラリーマンであることに変わりはない。そのサラリーマンがある意味、頭取を嘘つきと面罵したのだ。しかし、それが國重の偽らざる気持ちでもあった。

國重は赤い絨毯の上を歩き続けた。

住友銀行を離れ、遠くから当時の自分を振り返ることが何度かあった。未練ではなく、ただ振り返ってみただけだが、やはり自分はサラリーマンの矩《のり》をこえた危険分子だったのだろうと自分を納得させた。すべては自分が選んだ道だった。ふと思う。大見得を切っても現実はドラマのように痛快な結末とはならない。そう思うと國重はかすかな痛みを感じないわけにはいかなかった。

あとがき

國重との連絡が途絶えていた。携帯電話に連絡すれば、必ず返信してきていた國重から連絡が途絶えたままになった。何度連絡しても國重から返信はないままだった。こうした状況が半年くらい前から続いていた。

そうした中、２０２０年（令和２年）９月11日、住友銀行元頭取、西川善文が亡くなった。82歳だった。

何度か直に対面した西川は、強面《こわもて》の評判とは異なり、小柄なお地蔵さんのような顔をした老人だった。年齢よりも老けた顔をしていた。そこには〝不良債権と寝た男〟といったイメージは重ならなかった。けれども、西川の銀行家としての人生は、不良債権処理に追われるそれだった。その西川は、イトマン事件のことを問われれば決まって、

「墓場まで持って行く話だ」

として口を開くことはなかった。

國重と距離を置く住友銀行関係者がほとんどの中、西川だけは、國重を守り助けた。

「なぜ國重を守るんですか？」

一度だけこう問うたことがある。西川は腕を組み直して、こんな言葉を漏らした。

「あれ（國重の意味）は、あれでうち（住友銀行）を助けた1人だから……」

以前、西川のこの言葉を國重に伝えたことがある。破顔一笑でもするのかと思っていたが、國重の反応には微妙な影が射していた。屈託ありげな反応が非常に意外だった。

「イトマン事件でね……」

國重の言葉には冷たい石ころのような響きがあった。

「あのね、イトマン事件で西川さんは男をあげたんだよ。で、頭取になったんだ」

「國重さんは？」

こう聞くと、國重はフッと息を呑み淡々とこう継いだ。

「僕はね……、僕はイトマン事件で危険な人物だって思われたんだ」

「救世主だったのに？」

「そう。僕は危険な奴だって」

イトマン事件からもう30年以上が経とうとしている。けれども、國重の中にはこの思いが澱《おり》のように沈殿したままのようだった。

「國重さん、後悔しているんですか?」

「別に……」

國重はぶっきらぼうにこう言ったきり黙った。

ある意味、國重は時代の寵児だったのかもしれない。バブル経済の勃興期に起きた平和相互銀行事件、そしてバブル経済真っ只中のイトマン事件とまさに日本中が狂乱の渦の中にあった時、國重はもっとも異彩を放った。しかし、時代は虚ろだ。かつて日本中が、そして國重が身を任せた圧倒的な熱量は、日本社会から見事なまでに消え去った。それとともに、國重の輝きは失せていった。

9月半ば、國重が病院着のようなものを身に纏った画像が送られてきた。返信しようにもそれができぬ画像だった。そこには痩せて老いさらばえた國重の姿があった。最愛の母も、すでに亡くなっているという。

11月25日、〝ラストバンカー〟西川善文のお別れの会が帝国ホテルで行われた。およそ1400人の参列者の中、喪服を纏った國重の姿があった。車椅子に乗った國重は、菊の花をたむけ、暫し西川の遺影を見つめていたという。

児玉 博（こだま・ひろし）

1959年生まれ。早稲田大学卒業後、フリーランスとして取材、執筆活動を行う。2016年、第47回大宅壮一ノンフィクション賞（雑誌部門）を受賞（『堤清二 罪と業 最後の「告白」』として単行本化）。主な著書に、『日本株式会社の顧問弁護士 村瀬二郎の「二つの祖国」』『テヘランからきた男 西田厚聰と東芝壊滅』『起業家の勇気 USEN宇野康秀とベンチャーの興亡』など。

装丁 岡孝治
写真 アフロ、時事通信

堕ちたバンカー 國重惇史の告白

二〇二一年二月三日 初版第一刷発行

著者 児玉 博
発行者 鈴木崇司
発行所 株式会社小学館
〒一〇一-八〇〇一 東京都千代田区一ツ橋二-三-一
編集 〇三-三二三〇-五九五五 販売 〇三-五二八一-三五五五
DTP 株式会社昭和ブライト
印刷所 凸版印刷株式会社
製本所 株式会社若林製本工場

 ISBN 978-4-09-388762-5